L'ULTIMO SLAPSHOT

Jean C. Joachim

Moonlight Books

Un romanzo Moonlight Books

L'Ultima Slapshot

Copyright © 2018 Jean C. Joachim

Progetto di copertina di Jean C. Joachim

A cura di Sherri Good

Revisione di Renee Waring

Tradotto da Simona Trapani

EDITORE

Moonlight Books

Dedica

Ai fan dell'hockey di tutto il mondo.

Dedica speciale

A Trent McCleary, che ha ispirato questa storia.

Ringraziamenti

Un sincero ringraziamento a V. L. Locey, che si è occupata dell'accuratezza delle descrizioni riguardanti l'hockey. Un sentito ringraziamento anche a Jami Davenport, che mi ha invitata a partecipare all'antologia Hockey Holidays, nella quale questa storia è stata pubblicata per la prima volta. Senza il suo generoso invito, non avrei mai scritto questo racconto. Grazie anche alla mia curatrice, Sherri Good, e alla mia correttrice di bozze, Renee Waring.

L'ultimo slapshot

A cura di Sherri Good
Revisione di Renee Waring

EDITORE
Moonlight Books

Capitolo Uno

Harry "Deke" Edwards, difensore della squadra di hockey degli Hartford Huskies, entrò nella gioielleria Jasper di Park Street.

"Posso aiutarla, signore?" chiese l'uomo dietro il bancone.

"Sì. Diamanti. Un braccialetto?"

"Tennis?"

"No. Hockey. Sono un giocatore di hockey."

"No, intendevo il tipo di braccialetto. Posso mostrarglielo?"

"Certo, certo."

In preda all'imbarazzo e sentendosi un idiota, Deke si mise a esplorare il negozio, osservando le vetrine. Notò un paio di orecchini di diamanti. Avrebbe preso sia il braccialetto che gli orecchini. Cavolo, del resto era Natale, no? Forse il loro ultimo Natale come marito e moglie. Una sensazione di pesantezza gli opprimeva il cuore.

"Ecco a lei, signore," disse il commesso.

Deke sollevò il braccialetto, mettendolo intorno al suo polso massiccio. Ovviamente, era troppo piccolo per lui. Invece, sembrava proprio perfetto per sua moglie Kitty.

"Lo prendo. E prendo anche quegli orecchini laggiù."

"Certo, signore." Il commesso andò alla cassa per prendere i gioielli. "Vuole due pacchetti separati?"

"Sì, grazie."

"Come regali?"

"Regali di Natale."

"Torno subito."

Mentre guardava fuori dalla finestra, Deke scosse la testa. Forse era pazzo? Chi compra gioielli costosi per sua moglie appena prima di incontrare il suo avvocato per discutere del divorzio? Il commesso tornò e gli consegnò i regali.

Con una piccola busta elegante nella sua enorme mano, Deke si diresse verso il parcheggio. Guidò la sua auto lungo l'autostrada per Monroe. Si fermò davanti a un edificio di uffici a due piani. Durante il breve tragitto dalla macchina, il vento gelido penetrava nella sua giacca sottile.

Deke e Kitty avevano vissuto insieme solo parzialmente per tre anni. Lei gestiva una galleria d'arte a Washington, mentre lui giocava negli Huskies in Connecticut. Era giusto tenerla legata a sé se la sua vita era altrove? Aver ereditato la galleria da sua zia tre anni prima era stata la loro rovina. Lei voleva gestirla e lui voleva giocare a hockey. Avevano deciso di vivere separati durante la stagione. Fuori stagione, lui si precipitava a Washington per dormire con lei.

Si sentiva a disagio quando i colleghi di sua moglie lo chiamavano "Mister Kitty". Lei era troppo per lui e lui l'aveva sempre saputo. Intelligente e sofisticata, sapeva ogni genere di stronzata sull'arte. Lui invece non riusciva nemmeno a distinguere l'arte moderna dal disegno di un bambino. Kitty era dolce, sexy e bella... e rideva alle sue battute idiote. Avrebbe mai potuto non innamorarsi di lei?

Prima della fine del secondo anno, avevano elaborato uno sconclusionato programma di incontri. Spesso, durante la settimana, Kitty lo raggiungeva in qualche albergo, specialmente quando si trovavano in città vicine a Washington, come Baltimora e Philadelphia. La lontananza rendeva molto intenso e sensuale il tempo che trascorrevano insieme. Spesso, prima andavano a letto e poi si aggiornavano sulle ultime novità.

Quando stava a Hartford, la solitudine aveva il sopravvento su di lui. Nonostante parlassero spesso, quasi ogni notte, odiava andare a letto e svegliarsi da solo. La distanza tra di loro continuava ad aumentare. Le telefonate non erano più regolari. Alcune sere, lui si addormentava prima di andare in base con lei, pentendosene il mattino dopo.

Le fan delle città più lontane erano una tentazione, ma lui riusciva a resistere. Il sesso in trasferta sarebbe stato facile - semplicemente una botta e via. Ma si rifiutava di mettere a repentaglio un matrimonio di otto anni per una scappatella. Inoltre, nessuna scappatella poteva essere come fare l'amore con Kitty.

Aprì la porta dell'ufficio del suo avvocato e si sedette in sala d'attesa.

"Il signor Cohen può riceverla," disse la segretaria.

Deke entrò lentamente nelll'elegante ufficio, rivestito di pannelli di mogano. Si sedette di fronte alla gigantesca scrivania in legno. Herb Cohen stava parlando al telefono. Si voltò a guardare Deke e gli sorrise. Quando riattaccò, guardò Deke negli occhi.

"Che cosa posso fare per te, Harry?"

"Penso che sia il momento di concedere a Kitty il divorzio."

"Divorzio?"

"Ti ricordi? Ne abbiamo già parlato. Dalle la metà dei nostri beni, la casa a Washington e qualsiasi altra cosa lei voglia. Ok?"

"Non dovremmo parlarne?"

"L'abbiamo già fatto. Lei si merita la sua libertà, non di restare bloccata con un giocatore di hockey senza futuro."

"E da quando saresti finito?"

Deke agitò la mano. "Non preoccuparti di questo."

"E tu?"

"Io?" scoppiò a ridere lui. "Ho trascorso otto anni con la donna più meravigliosa del mondo. Direi che sono stato più che fortunato." Deke si alzò in piedi e si diresse verso la porta. "Mandami la parcella."

"Sei sicuro?"

"Riguardo alla parcella?"

"Riguardo al divorzio."

"No, ma faccio molte cose di cui non sono sicuro. È solo giusto che lei riprenda in mano la sua vita prima che sia troppo tardi."

"Siamo in uno stato in cui vige il divorzio senza addebito di colpa. Quindi dovrebbe essere semplice."

"Bene. Vuol dire che sarà anche economico. Giusto?"

"Forse. Dipende da lei."

"Non si opporrà."

Lui uscì dall'edificio. Una volta in auto, provò una sensazione di vuoto. Gli mancava qualcosa. Oh, sì. Aveva lasciato il cuore nell'ufficio di Herb Cohen.

SULLA STRADA VERSO casa, ricordò la loro ultima lite. Era successo quando stavano ancora insieme a tempo pieno.

"Non sono ancora pronta per avere figli." Kitty era seduta alla toeletta, intenta a spazzolare i suoi capelli ramati.

"Cristo, Kitty, vuoi aspettare di avere quarant'anni?"

"È ridicolo! Ho solo ventisette anni. Non puoi aspettare cinque anni?"

"Cinque anni! Potrei essere morto tra cinque anni."

"Allora congeleremo il tuo sperma."

"Nessuno congelerà niente di mio."

"Non capisci."

"Capisco che non vuoi avere figli con me. Preferisci gestire quella stupida galleria d'arte?"

"Non è stupida. Voglio solo una possibilità di fare carriera. Solo per qualche anno."

"Qualche anno? Sì, certo. Perché non mi hai detto che non volevi avere figli prima che ci sposassimo?"

"Non ho detto questo. Voglio solo aspettare. Per favore, Harry.

"Non posso obbligarti," le aveva detto, distogliendo lo sguardo. "Diventa una donna in carriera."

"Grazie."

"Non ringraziarmi. Mi sento messo all'angolo qui," disse, con la rabbia che gli cresceva in petto. Si era precipitato fuori dalla camera da letto e poi giù per le scale, fino a raggiungere la sua auto. Aveva guidato per un'ora. Quando era tornato a casa, Kitty non c'era.

Cazzo! Perché la vita deve essere così difficile? Le cose stavano andando alla grande per lui. Essendo il primo difensore degli Huskies e avendo sposato la donna più bella e sexy del mondo, Deke aveva avuto il meglio dalla vita. Ora, metà di quel sogno era andata in fumo. C'era un modo per impedire che l'altra metà si sgretolasse?

La mattina dopo, avendo continuato a dormire dopo il suono della sveglia, Deke allontanò dalla mente i pensieri sul suo matrimonio. Alle nove e mezza, prese la strada per Hartford, in direzione dello stadio degli Husky. Sarebbe arrivato in ritardo alla pattinata del mattino, il che di solito era un grosso problema con il coach Timmons. Ma l'allenatore si era ammorbidito con Deke, permettendogli un'infrazione o due, fingendo di non accorgersene. Deke era preoccupato. Qualcosa non andava.

Parcheggiò e si precipitò nello spogliatoio. Indossò la tuta e si diresse in palestra. Iniziò a riscaldarsi. Gli altri ragazzi stavano già facendo piegamenti e allungamenti.

"Lieto di vedere che è riuscito a inserirci nella sua agenda, signor Edwards," disse Sonny, il capo allenatore.

"Mi dispiace, Sonny. Non succederà più."

L'allenatore gli lanciò un'occhiata gelida e continuò ad allenare i ragazzi. Deke si mise in posizione sulla linea di difesa.

"Ma che cazzo...?" disse Buzzy MacConnell, ala e migliore amico di Deke.

"Casini," mormorò Deke, voltandosi per guardare il retro della sala.

Quindici minuti dopo, si diressero verso la pista ghiacciata. Deke si prese del tempo per mettersi i pattini. Sentendosi osservato, alzò lo sguardo. Con gli occhi socchiusi, Sonny si sfregava il mento mentre lo fissava. Deke deglutì. L'allenatore si stava avvicinando troppo. Se ne sarebbe accorto.

Alzandosi, Deke cominciò a riscaldarsi sui pattini. Girava intorno alla pista, cercando di tenere il passo.

Poi un fischio. "Più veloce!" urlò Sonny.

Buzzy raggiunse Deke. Aggrottò la fronte guardando il suo amico.

"Tutto bene?" gli chiese Buzzy.

"Chiudi quella fogna," borbottò Deke, aumentando la velocità.

Sonny li fece esercitare nei passaggi e nei tiri. Deke e altri due difensori li bloccarono. Dopo un'ora, interruppero l'allenamento. Deke si tolse i pattini a tempo di record e si precipitò in bagno. Chiudendosi dentro, tirò fuori un inalatore e si fece due spruzzi in bocca. Ma non servì a nulla. Il dottore gli aveva detto di lasciar perdere il nebulizzatore, ma Deke aveva insistito per provarlo.

Crollò sul sedile del water e si sporse in avanti, aspettando che il suo respiro tornasse alla normalità. Non ci volle molto. Quando si riprese dallo sforzo, il suo respiro si calmò. Ricordando la sua ultima visita dal dottore, strinse gli occhi e serrò le labbra.

"Quanto mi ci vorrà per ricominciare a respirare normalmente?" aveva chiesto Harry al dottore.

"Non migliorerà mai, Harry."

"Questo lo dice lei. Ma le giuro che ieri ho resistito più a lungo."

"Si sta prendendo in giro. Durante l'intervento, le hanno asportato il quindici per cento della trachea. Non si riformerà. Non potrà muoversi velocemente come prima. È un dato di fatto. Cerchi di accettarlo."

"Accettarlo? Vuole che accetti che un infortunio mi ha portato via tutta la mia vita?"

"Mi dispiace. Vorrei darle notizie migliori. Abbiamo dovuto farlo per salvarle la vita."

"Davvero? Beh, sarà una bella vita del cazzo," mormorò Harry, sbattendo la porta e uscendo dallo studio del dottore.

Quella sera, aveva comprato una bottiglia della sua vodka preferita e si era ubriacato, tutto da solo. Sonny gli aveva detto che l'esercizio fisico faceva cose miracolose. Secondo lui, "era possibile fare in modo che ogni parte del corpo di un giocatore potesse ritornare abbastanza in forma da farlo continuare a giocare." Deke si rifiutava di accettare la previsione del dottore secondo la quale la sua carriera nell'hockey su ghiaccio fosse finita. Avrebbe solo dovuto impegnarsi di più.

Il giorno dopo sarebbero partiti per Washington, per giocare contro i Wolverine. Kitty sarebbe rimasta con lui e sarebbe stato il momento perfetto per parlarle del suo piano. Lei non aveva mai chiesto il divorzio, ma la tensione della separazione era ben visibile sul suo viso. Lei aveva smesso di telefonargli. Deke non aveva idea di cosa stesse succedendo nella sua vita, ma lei gli era rimasta vicino.

Dopo l'incidente, si era precipitata in ospedale e gli aveva tenuto la mano quando era uscito dalla sala operatoria. Quell'infortunio aveva cambiato tutto. Doveva comportarsi da uomo. Era arrivato il momento di mettere Kitty davanti a sé stesso e di renderla libera, per farle avere una vita migliore.

Deke riuscì a completare l'allenamento. Rifiutò l'invito di Buzz a cenare con lui e sua moglie per tornare a casa da solo e prepararsi per la trasferta. Guardò alcune partite dei Wolverine mentre mangiava. Un sorriso si insinuò sul suo viso. Cazzo, dopo soli quindici minuti, aveva già trovato il loro punto debole. Giocare in difesa contro di loro sarebbe stato un gioco da ragazzi.

Il loro miglior tiratore era mancino e questo rendeva più facile coglierlo di sorpresa e bloccare il suo tiro. Si mise a ridacchiare. Sembrava che non avesse una buona mira. O forse era stato così solo in quella partita? Se poteva ancora giocare in difesa, Kitty e Sonny non avrebbero saputo la verità, almeno non ancora.

Si mise a letto e spense la luce, cadendo in un sonno profondo. Deke era lì, pronto a giocare contro i Boston Bulldogs. Erano la squadra più forte di hockey su ghiaccio. Fece uno scatto per bloccare l'attaccante, dirigendosi verso la porta degli Huskies.

E poi, eccolo lì! Uno slapshot perfetto! Deke fu sbalzato in aria, superando la linea. Il disco lo colpì sul collo, schiacciandogli la laringe e la trachea. Lui cadde a terra pesantemente. Respirando a fatica, riuscì a malapena a pattinare fino alla panchina, dove svenne. Tutto si fece buio, finché non si risvegliò nella sala di recupero.

Sognando, Deke si rigirò, stringendosi la gola, provando di nuovo la sensazione di non riuscire a respirare. Il cuscino era bagnato di sudore. Si svegliò di soprassalto. Cazzo, avrebbe mai smesso di rivivere quel giorno orribile?

Durante la guarigione, Kitty faceva avanti e indietro dalla galleria, trascorrendo la settimana con lui, per poi tornare a Washington nel weekend, quando la galleria era più frequentata. L'incidente aveva dato una scossa al loro matrimonio. Come se fossero in luna di miele, il tempo che trascorrevano insieme non era mai abbastanza. Deke contava le ore finché Kitty non tornava da lui.

Pensava di non aver bisogno di tutta la trachea per giocare a hockey. Non era come sbattere un ginocchio o rompersi una caviglia. Avrebbe ricominciato a giocare dopo essersi ripreso dall'intervento ed essersi rimesso in forze.

Ma, se non riesci a respirare, non puoi pattinare. O almeno non abbastanza velocemente da giocare a hockey. Per la prima volta, era stato inserito nella lista degli infortunati. Dopo un mese, Deke riprese a giocare negli Huskies. L'avevano tenuto d'occhio, ma non gli avevano ancora permesso di ricominciare. Grato di poter nascondere le sue condizioni respiratorie più a lungo, Deke non si lamentò. Il coach Timmons aveva detto a Deke che avrebbe ricominciato a giocare durante quella trasferta.

Lui si era impegnato molto, fin dal primo allenamento del mattino. Sicuramente il dottore gli aveva detto la verità, ma lui non ci credeva. Fare esercizi di respirazione a casa l'avrebbe aiutato a riprendersi. Ma non era ancora successo. Sprimacciando i cuscini e risistemando il lenzuolo e la coperta, cambiò posizione. Per quanto tempo avrebbe ancora potuto fingere?

KITTY AVEVA MESSO GIÙ il telefono. Il dottore aveva confermato la sua peggiore paura: la carriera di Harry era finita. Aveva lo stomaco in subbuglio e gli occhi umidi. Harry, il suo forte, bello e potente marito era finito. Come poteva essere? Solo una piccola riduzione della trachea e... game over!

Asciugandosi le guance con un fazzolettino, lei deglutì. Strinse i pugni mentre il pensiero che tutto ciò fosse *ingiusto* le attraversava la mente. Non si era fatto mancare niente: viaggi folli, una casa a Washington e altre spese per sostenere la sua carriera. La galleria stava andando benissimo, anche con il calendario intenso che lei aveva programmato. Quando Kitty prendeva l'aereo per raggiungere Harry, Donna, la sua assistente, prendeva il comando. Il successo aveva bussato alla porta di Kitty e ora Harry, orgoglioso com'era, avrebbe dovuto dire addio al suo.

L'ansia le stringeva il cuore. Come sarebbe sopravvissuto il loro matrimonio? Avrebbero dovuto trovare un modo diverso di affrontare quella situazione così delicata. Ora, lui avrebbe potuto stare con lei a Washington a tempo pieno. Ma avrebbe voluto farlo? Trasferirsi a casa sua e vivere nella sua ombra? Impossibile.

Sentì una stretta al cuore. Quella non poteva essere la fine per Kitty e Harry. Andò in cucina e preparò il caffè. Erano le nove, ma non aveva voglia di fare colazione. Doveva esserci un modo per riorganizzare la loro vita in modo che il loro matrimonio potesse sopravvivere.

Dopo aver aggiunto latte e zucchero nella sua tazza, telefonò a sua madre. Sentendo la sua voce, Kitty scoppiò in lacrime. Non riusciva a smettere di piangere, né a parlare.

"Che è successo? Kitty? Tesoro? Per favore. Dimmi che cosa è successo."

Kitty fece un respiro profondo e si avvicinò il telefono all'orecchio. "Mamma?"

"Kitty? Che cosa è successo?"

"Mamma. È terribile. Tremendo. La carriera di Harry è finita e lui non me lo dirà e non smetterà di giocare ed è terribile. Non so cosa succederà," disse, cercando di mettere insieme le parole.

"Di che cosa stai parlando?"

Kitty le spiegò ciò che le aveva detto il dottore.

"Mi dispiace tanto, tesoro. Sono sicuro che voi due riuscirete a trovare una soluzione."

"Tu non conosci Harry. È molto orgoglioso. Vuole essere il capofamiglia. Fare l'uomo, insomma."

"Capisco. Come tuo padre. Comunque, se non potrà farlo, dovrete trovare un altro modo."

"Se continuasse a giocare, potrebbe farsi male di nuovo. Anche peggio, questa volta," disse Kitty, mordicchiandosi il labbro.

"Fammi pensare. Ne parlerò con tuo padre. Ti richiamo stasera."

"Ok."

Kitty fece una doccia e si vestì. La galleria non apriva prima di mezzogiorno, ma lei aveva un sacco di cose da fare. Harry l'avrebbe raggiunta e sarebbero stati insieme. Per quella trasferta, lei sarebbe andata alla sua partita. Aveva bisogno di vederlo in azione. Del resto, quella poteva essere la sua ultima volta. Rabbrividì al pensiero, prese la sua valigetta e uscì.

Mentre camminava, si fermò a guardare le appariscenti vetrine natalizie di Macy. Shopping di natale! Quello avrebbe migliorato il suo umore. Quest'anno avrebbe comprato i regali a Harry con i suoi soldi, quelli che avrebbe guadagnato alla galleria. Un sorriso le comparve sul viso. Forse era ora che Harry si abituasse al fatto che fosse lei a guadagnare di più.

Il negozio esponeva ghirlande con palline blu e argentate, alberi di Natale decorati con ornamenti dorati e rossi e plaid natalizi. Ogni reparto aveva un albero decorato con colori diversi. Kitty decise di comprare un albero e due ghirlande per la casa a West Hartford. Li avrebbe acquistati online e glieli avrebbero spediti.

Prima di tutto, si fermò al reparto dell'abbigliamento da uomo. A Harry servivano delle magliette nuove. Magari di flanella quest'anno. Se non doveva più vestirsi in giacca e cravatta, non avrebbe più avuto bisogno di camicie. L'immagine del suo uomo con una camicia di flanella scozzese le fece venire la pelle d'oca. Sentì un formicolio alle dita mentre immaginava di premerle suo petto, robusto sotto quel soffice tessuto.

Forse ci sarebbero stati dei vantaggi ora che non avrebbe più giocato a hockey? Ad esempio, giorni trascorsi a letto, a parlare di ciò che avrebbe dovuto fare dopo. Un brivido le attraversò la schiena, facendole riscaldare altre parti del corpo.

"Posso aiutarla?" le chiese un commesso.

"Sì. Camicie di flanella, extra-large?"

"Da questa parte."

Kitty esaminò i capi.

"Prendo quella rossa. Lui ha i capelli e gli occhi scuri."

"Ottima scelta. La fantasia Black Watch sta bene con tutti i colori," disse il commesso.

"Oh, sì. Mi piace. Prendo anche questa."

"Vuole la confezione regalo?"

"Sì, grazie. Carta natalizia?"

"Certo. Qualcos'altro?"

"Un accappatoio?"

"Da questa parte."

Kitty si *mise a canticchiare Jingle Bells* mentre lo seguiva. Se non fosse riuscita a risolvere i problemi di Harry, almeno avrebbe potuto comprargli dei regali per fargli sapere che aveva pensato a lui. L'amore le riempiva il cuore mentre passeggiava per il negozio, fino a farle spendere più di cinquecento dollari. Niente era troppo per il suo uomo.

Il commesso prese gli articoli e li preparò per la spedizione. Sarebbero arrivati prima di Kitty. Perfetto. Lei sospirò. Quel Natale doveva essere speciale. Chi sapeva dove sarebbero stati il prossimo anno?

Capitolo Due

Era così sudato che sembrava che avesse giocato l'ultima partita dei playoff della Stanley Cup. Deke aveva di nuovo finto di riuscire a fare la pattinata del mattino. Non che avesse ingannato gli allenatori o il suo coach. Aveva notato i loro occhi socchiusi che lo seguivano mentre sfrecciava sul ghiaccio. Dopo mezz'ora, sbuffando e ansimando, si mise in un angolo per riprendere fiato.

Non poteva continuare a fermarsi o a dire di aver bisogno di qualche altra settimana. Gli Huskies stavano perdendo. Adesso avevano bisogno che Deke fosse al massimo della forma.

"Ricomincerai a Washington," gli aveva detto il coach una settimana prima.

Doveva tentare il tutto per tutto. Deke non faceva che pregare e utilizzare il suo inalatore. Harry "Deke" Edwards non poteva rinunciare all'hockey. Credeva che, con il successo della sua galleria, Kitty l'avrebbe probabilmente scaricato se avesse dovuto lasciare l'hockey. Non gli sarebbe rimasto più niente. Quel pensiero gli fece aumentare il battito cardiaco.

Fece le valigie con cura, mettendovi anche il suo nuovo dopobarba, *Secret Desire*. Il suo desiderio segreto non aveva niente a che fare con il sesso. Ogni notte pregava che la sua trachea ricrescesse del quindici per cento. Comunque, la colonia aveva un ottimo odore. Kitty avrebbe notato che aveva cambiato profumo.

Kitty! Pensò alla sua seducente moglie. Dio, non vedeva l'ora di stare da solo con lei. Aveva bisogno di sesso, amore e risate... e con lei li avrebbe avuti tutti e tre. Si appoggiò allo schienale del suo comodo sedile sul jet privato degli Huskies e chiuse gli occhi. Il sonno avrebbe allontanato le sue preoccupazioni, purché non facesse di nuovo quell'incubo. Cazzo. Se quell'orribile sogno fosse tornato mentre dormiva sul jet, sarebbe stata un'umiliazione. Tuttavia, la stanchezza ebbe la meglio e chiuse gli occhi.

Quando si svegliò, il jet stava atterrando. Salirono su un autobus fino all'elegante hotel di Washington, a un isolato dalla Capital One Arena. I ragazzi scesero dall'autobus. Deke mandò a Kitty un messaggio con l'indirizzo e trascinò il suo borsone nella hall. Il suo telefono squillò mentre saliva in ascensore fino al quinto piano. Sua moglie sarebbe arrivata tra mezz'ora.

In trasferta, la squadra si riuniva per la cena, poi avevano la serata libera. I giocatori sposati che dormivano con le loro mogli non erano obbligati a partecipare. Potevano stare da soli. Nella sua stanza, Deke gettò la borsa su un comò, prese il menù dell'hotel e si distese sul letto.

Bistecca, costolette, gamberetti ripieni al forno: quei piatti gli fecero venire l'acquolina in bocca. Dopo aver fatto l'amore, potevano scendere per una buona cena, per poi trascorrere il resto della serata a letto. Deke non avrebbe detto a Kitty del suo incontro con l'avvocato. Lo scoprirà presto. Voleva passare con lei più tempo possibile prima che il suo amore si trasformasse in odio. Non era questo che succedeva in un divorzio? Che due persone che prima non riuscivano a stare l'una senza l'altra adesso non desiderassero altro che la licenza d'uccidere? L'aveva letto su Internet. Non avrebbe mai odiato Kitty, qualunque cosa facesse. Un giorno, avrebbe capito che l'aveva fatto per lei.

La partita del giorno dopo era una questione di vita o di morte. Avrebbe giocato di nuovo. Forse non sarebbe stato all'altezza del suo vecchio standard, ma ci si sarebbe avvicinato. La squadra contava su di lui. Deke tirò fuori i cinque inalatori che aveva messo in valigia. Diede un bacio a ciascuno di essi.

"Devi farcela," disse prima di riporli, per evitare che Kitty li vedesse.

Non dirle del suo problema di respirazione e della sua conversazione con il dottore avrebbe fatto in modo che lei continuasse ad amarlo, considerandolo il suo eroe. Come avrebbe potuto ammettere di non essere l'uomo che era prima? Certo, lei gli avrebbe comunque detto di amarlo e tutto il resto, ma la loro relazione non sarebbe più stata la stessa. Deke non sarebbe mai più stato l'uomo invincibile che lei aveva sposato, quello che poteva sconfiggere qualsiasi attaccante, risolvere qualsiasi problema e farla urlare in camera da letto.

Non si era sposata per stare con un trentatreenne finito. Doveva mettercela tutta sul ghiaccio. Si fece la doccia e la barba, si mise un po' *di Secret Desire* sul viso e controllò l'orologio. Sorrise sentendo bussare alla porta. In perfetto orario! Aprì e sua moglie entrò in camera. Indossava uno splendido cappotto di lana verde.

Si appoggiò alla porta e sfilò leggermente la cintura. Lasciò cadere il cappotto, rivelando il suo corpo snello, adornato solo da un paio di parigine nere, un paio di mutandine nere e un body di pizzo.

"Ho, ho, ho, Harry. Buon Natale."

Lui scoppiò a ridere e la strinse tra le braccia.

DISTESO ACCANTO A SUA moglie, le disse: "Sono le sette. Andiamo a cena?"

"Aspettiamo ancora qualche minuto?"

Ancora nuda, lei si rannicchiò accanto a lui, mettendogli un braccio intorno alla vita e appoggiandogli la guancia sul petto. Lei fece un respiro profondo. Il suo profumo maschile mescolato a quello della sua nuova colonia la stuzzicava. Gli baciò il petto. "È stato fantastico."

"Sei stupenda, Kitty. Hai proprio l'anima di una prostituta."

"Una prostituta?" gli chiese, sedendosi di scatto.

"Non intendevo in quel senso. Intendevo dire che sai come soddisfare un uomo."

"Oh?" Lei lo guardò aggrottando la fronte. "E tu come fai a sapere come fa sesso una prostituta?"

Lui arrossì in viso. "Ero giovane. Solo una volta. Ragazzi. Sai com'è. Una sorta di iniziazione."

"Oh, capisco. Spero prima di conoscere me."

"Prima? Oh, certo, prima, *mooolto* prima! Credimi. Quando ci siamo messi insieme, chi aveva più bisogno di una prostituta?"

Lei aggrottò ancora la fronte. "Beh, grazie mille!" Lei si alzò dal letto e aprì la valigia.

Harry la seguì. "No, no. Non intendevo in quel senso. Volevo dire che sei talmente incredibile a letto che non potrei mai avere bisogno di un'altra."

Lei si fermò, si voltò e gli lanciò un'occhiataccia.

"Sai che dico sempre le cose sbagliate. Mi dispiace. Volevo solo dire che sei un'amante fantastica. Molto reattiva. Tutto qui. Per favore, Kitty." Lui le prese la mano.

Gli permise di riportarla a letto.

"Dove eravamo rimasti?" le chiese, sdraiandosi e sollevandola con le sue mani massicce per farla accoccolare accanto a lui.

Lei gli si avvicinò ancora, ascoltando il suo cuore. Batteva più forte che mai. Sfiorò leggermente i suoi muscoli con le dita. *Perché i suoi polmoni non potevano essere più forti e perché la sua trachea non poteva tornare come prima?* Lei sospirò. Doveva avere una ragione per non dirle la verità, quindi lei non gli disse che sapeva.

"Hai fame?" le chiese, prendendo il menu dal comodino.

Solo di te. "Certo."

"Il ristorante qui sembra piuttosto buono. Vuoi provarlo?"

"Ok. Cena veloce e poi torniamo qui?"

"Certo. Abbiamo appena iniziato," le rispose.

"Mmm. Solo l'antipasto. Dobbiamo ancora mangiare il piatto principale," disse lei.

"È passato un po' di tempo."

"Troppo tempo. L'ultimo che si veste è uno scemo," disse lei, saltando giù dal letto e aprendo di scatto la sua valigetta.

"L'ultimo che si veste, sarà il primo a fare all'altro un bel servizietto," ribatté lui.

Lei scoppiò a ridere. Harry ridacchiò e si vestì di corsa, finendo per primo. Lui la riportò a letto.

"O potremmo farci mandare la cena in camera," disse lui a voce bassa.

"Potremmo," rispose lei, abbassando la testa, poggiando le labbra sulle sue. Harry salì sul letto, mettendosi sopra di lei.

"Ti amo, Harry," sussurrò lei, con gli occhi umidi.

"Anch'io ti amo. Qualcosa non va?" Lui aggrottò la fronte e si imbronciò.

"Niente. Sono solo lacrime di gioia. Sono felice di stare con te," mentì lei.

Lui sollevò un sopracciglio. Lui l'aveva spesso definita una pessima bugiarda e aveva ragione. Tuttavia, finché lui l'avrebbe fatto, anche lei doveva continuare a fingere.

Lui le strinse le gambe tra le sue e appoggiò la bocca sul suo seno. "Sono pronto a mangiare il primo piatto."

Kitty ridacchiò, mettendogli le braccia intorno al collo. Harry si sedette.

"Ok, ok. Questo dovrà aspettare. Andiamo a mangiare." Lui si alzò dal letto e le porse la mano. Lei la prese e si vestì velocemente. Non importava quello che indossava perché, dopo cena, se lo sarebbe tolto.

Quando si comportavano in modo discreto, percorrevano il corridoio mano nella mano fino all'ascensore. Nella sala da pranzo, Harry diede venti dollari al maître e chiese un tavolo appartato. Si sedettero, ordinarono cocktail di gamberi, costolette per Harry e tortini di granchio per Kitty.

Intrecciarono le dita. "Sarà una partita difficile. I Wolverine sono migliorati quest'anno."

"Riprenderai a giocare?"

"Sì. Il coach ha detto che sono abbastanza in forma da provarci. Vedremo."

Il cuore le balzò in gola. Quella sarebbe stata l'occasione di Harry. La partita del giorno dopo sarebbe stata decisiva. Lei aveva i nervi a fior di pelle. Avrebbe dovuto tenerlo occupato, dandogli qualcosa a cui pensare oltre alla partita. Kitty sorrise tra sé. Facilissimo: in camera da letto, Harry era un burattino nelle sue mani.

Non sapendo cosa rispondere, Kitty guardò con gratitudine il cameriere, che arrivò con il loro cibo. Lei parlò un po' della galleria e di una nuova mostra che aveva organizzato per la primavera. Qualunque cosa per distrarlo e per evitare di confessargli che sapeva la verità sulla sua condizione.

Mentre finivano il dessert, Kitty fece si tolse una scarpa e e iniziò ad accarezzargli la gamba col piede. Lui sollevò la testa all'improvviso. La guardò dritto negli occhi.

"Hai in mente qualcosa?" le chiese, arrossendo leggermente sul collo.

"Che ne dici se saltiamo il caffè?" gli chiese, sollevando le sopracciglia.

Harry le sorrise e fece un cenno al cameriere. "Il conto, per favore."

QUANDO INDOSSÒ LA DIVISA nello spogliatoio, Deke si mise in tasca il suo inalatore "portafortuna". Dopo essersi vestito, fece quattro spruzzi, il doppio della dose consigliata. Non gliene fregava niente degli effetti collaterali, perché aveva bisogno che le sue vie respiratorie si aprissero fino in fondo.

Respirò profondamente, ma non notò alcuna differenza. Lanciò l'inalatore contro il muro, rompendo il supporto di plastica.

"Cazzo! Non va bene."

"Calma, Deke. Calma," disse Buzzy.

Dopo aver gettato l'inalatore rotto nella spazzatura e averne preso un altro, raggiunse il campo con i suoi compagni di squadra. Sarebbe stata la sua ultima partita? Lanciò un'occhiata ai Wolverines attraverso il campo. Giovani, smaniosi e pronti a battere gli Huskies. Determinato a tenere quei bastardi lontani dalla rete, Deke sorrise mentre l'adrenalina gli scorreva nelle vene. Non vedeva l'ora di spingere un attaccante nell'area difensiva.

"Pronto?" gli chiese il coach Timmons.

Lui annuì. Timmons rilassò un po' la sua fronte aggrottata. Diede una pacca sulla spalla a Deke. Pattinando sul ghiaccio per l'inno nazionale, guardò Kitty negli occhi. Dio, avrebbe preferito che non venisse. Aveva fatto tutto il possibile per convincerla. Se fosse crollato, avrebbe dovuto farlo davanti alla donna che amava? Merda. Prese la sua posizione.

L'arbitro fischiò. Gli Huskies vinsero l'ingaggio. Deke indietreggiò, rimanendo vigile. Buzz entrò in possesso del disco. Sfrecciando sul ghiaccio, si diresse verso al rete dei Wolverines. Essendo marcato, riuscì a passare rapidamente a un altro attaccante prima che il giocatore dei Wolverines lo spingesse nell'area difensiva.

Il dischetto scivoloso zigzagava avanti e indietro tra le due squadre, non rimanendo mai in possesso di una squadra abbastanza a lungo da superare la linea della porta. Essendo in parità, i Wolverines e gli Huskies cercavano di prendere il controllo. Quando necessario, Deke indietreggiava e spingeva un paio di volte il disco con il bastone, facendolo avanzare.

Prima del terzo periodo, senza punteggio, entrambe le squadre sbuffavano per la frustrazione. Energia e testosterone riempivano l'atmosfera. Deke strinse gli occhi quando due attaccanti dei Wolverines lo fissarono e si misero a sussurrare. Cazzo, lo consideravano l'anello debole. Era riuscito a giocare, con l'aiuto dei suoi compagni di squadra ma, con il fiato corto, non sarebbe mai sopravvissuto a una doppia marcatura.

I due ragazzi fecero una folle corsa verso il loro obiettivo. Deke superò la linea. I due si scagliarono con forza contro di lui, facendolo cadere a terra. Lui balzò in piedi e li seguì.

"Ehi, nonnina, non riuscirai a raggiungermi."

"Femminuccia!"

Deke vide rosso e reagì. I suoi polmoni urlavano ma, quando gli passarono davanti, continuò a correre, cercando di raggiungere il disco. Inspirando, quasi senza fiato, rallentò, ma continuò a muoversi. Gli passarono davanti, schernendolo. Con le gambe appesantite, raggiunse il disco ma lo mancò. Tuttavia, Deke continuò a inseguire i suoi rivali. Poi accadde. Vide tutto nero. Cadde sul ghiaccio, come un peso morto.

Aprì gli occhi e video lo sguardo preoccupato di Sonny, che gli teneva una maschera d'ossigeno sul naso. Mentre giaceva lì, i suoi polmoni si riempirono di nuovo d'aria. Il tabellone segnava un punto per i Wolverines. Quegli stronzi avevano segnato una rete prima che svenisse.

"È finita, Deke. Sei fuori," gli disse l'allenatore.

"Chi lo dice?"

"Il coach, ecco chi."

Buzzy gli porse una mano e, mentre Deke si alzava, la folla lo acclamò. Guardando le tribune, vide Kitty in piedi. Era fatta. Quella era la fine di tutto. E tutto per colpa di uno slapshot al collo tre mesi prima.

Si sentiva le lacrime agli occhi. Raggiunse lo spogliatoio e lanciò gli altri quattro inalatori contro il muro, trovando poca soddisfazione nel suono della plastica che andava in frantumi. Era finito. Sconfitto. Avrebbe dovuto lasciare l'hockey. Era un giocatore fallito. C'erano almeno una cinquantina di modi per definire ciò che era diventato, e nessuno di essi prevedeva l'uso di una bella parola.

L'allenatore tornò con dell'altro ossigeno, ma Deke lo mandò via. Deke? Ormai non era più Deke, ma solo il vecchio Harry. Si lasciò cadere su una panchina e si spogliò. Le parole del dottore risuonarono nelle sue orecchie.

"La trachea non può ricrescere, Harry. Non tornerà mai alle sue dimensioni precedenti. Non succederà."

Harry ripose i pattini nel suo armadietto. Sonny gli si avvicinò.

"Il coach vuole vederti dopo la partita."

Harry annuì. Si fece la doccia e indossò i suoi vestiti prima di tornare nel box della squadra. Una volta indossate la giacca e la cravatta, non poteva più scaldare la panchina. Sopraffatto dal dolore, rimase a osservare un altro difensore che concedeva un altro goal alla squadra di Washington. L'arbitro fischiò la fine della partita. Wolverines due, Huskies zero.

Con l'umiliazione che gli ardeva in petto, doveva comunque affrontare i suoi compagni di squadra. Entrò nello spogliatoio per ultimo.

"Ehi, come va?" gli chiese Buzzy.

Il resto della squadra fece eco alla sua domanda preoccupata. Interruppero ciò che stavano facendo e rivolsero la loro attenzione a Harry.

"Sto bene. Bene per continuare a vivere. Ma non per l'hockey."

"È stato un colpo di fortuna, giusto?" chiese il capitano della squadra.

Harry scosse la testa. "No. Mi piacerebbe."

"Ma ti sei allenato con noi?"

"Sì. E sono rimasto senza fiato per un quarto d'ora dopo ogni sessione. No. Il chirurgo ha dovuto asportarmi il quindici percento della trachea per salvarmi la vita. Non avrò mai più la resistenza che avevo una volta. L'hockey è finito per me."

Un coro di fischi e commenti comprensivi gli scaldò il cuore. Il coach fece capolino nello spogliatoio e fece un cenno a Harry. Lui annuì. *È arrivato il momento — stanno per mandarmi via*. Il corridoio che conduceva fino alla stanza del coach gli sembrava lungo dieci chilometri.

"Accomodati, Deke," disse il coach Timmons, indicandogli una sedia.

Harry si sedette.

"Abbiamo voluto darti la possibilità di tornare in squadra, anche se il dottore aveva detto che probabilmente non saresti stato in grado di giocare come prima. Avevo detto che non saresti stato veloce come prima. Ma volevamo provarci e darti una possibilità. Oggi abbiamo avuto la prova che il dottore aveva ragione. Sei fuori dalla squadra, Deke. Mi dispiace, ma non ho scelta. Abbiamo parlato di cosa potremmo offrirti. Potreste svolgere il lavoro da scout, se vuoi restare nel club. Ovviamente, acquisiremo il tuo contratto, poi ti assumeremo come dipendente. Pensaci. Parlane con tua moglie."

Il coach Timmons si alzò in piedi.

"Grazie, coach," disse Harry, alzandosi.

Si strinsero la mano e Harry uscì dalla porta. Gli ci sarebbe voluta un'ora per raggiungere il parcheggio? O sarebbe stato solo come nuotare sott'acqua? Lo shock rallentava tutto. Le lacrime minacciavano di uscirgli dagli occhi, ma lui sbatté le palpebre per respingerle. Cosa avrebbe detto a Kitty, che lo stava aspettando in macchina?

WASHINGTON D.C.

Kitty si mise davanti alla finestra della sua casa in città, fissò la luna e aggrottò la fronte. La loro ultima conversazione prima che lui partisse con la squadra le tornò in mente. Le aveva parlato del suo infortunio, per poi lamentarsi di quanto fosse ingiusto. Lei glielo lasciò fare. Dopotutto, si meritava del tempo per urlare, gridare e sbattere i piedi - per sfogarsi. Invece, dopo la sua reazione iniziale, si sbriciolò come pane raffermo.

Lei aveva già visto Harry arrabbiarsi. Kitty poteva sopportare la rabbia, l'indignazione, la furia, ma non la tristezza, non il silenzio di Harry, seduto davanti a lei con la testa tra le mani. La paura le diede i brividi lungo la schiena. Harry aveva sempre trovato una soluzione a tutto, ma come poteva risolvere questa situazione? Lui era distrutto e lei doveva aiutarlo. Sarebbe stata all'altezza del compito? Se lo amava, avrebbe trovato un modo.

Lei aggrottò la fronte mentre valutava la soluzione proposta dagli Huskies. Gli avevano proposto di diventare uno scout. Ciò comportava di viaggiare di più rispetto a quando giocava con la squadra. E non avrebbe più giocato a hockey, rimanendo per sempre un osservatore.

Con gli occhi appannati, lei scoppiò a piangere. I continui viaggi di Harry sarebbero stati la fine per loro. Prendendo un fazzoletto, lei si asciugò gli occhi e si soffiò il naso. Doveva esserci qualcos'altro che potesse farli restare insieme. Sospirò e tornò in camera da letto per finire di fare i bagagli. Il giorno dopo era la vigilia di Natale e lo spirito natalizio si era volatilizzato.

"Buon Natale, Harry, sei licenziato. Fuori dalla squadra. Sì, avevamo bisogno che tu difendessi la nostra porta ma, ora che sei più lento di una lumaca, non puoi restare," mormorò tra sé, con tono arrabbiato. "Oh, a proposito, vogliamo dare uno zuccherino a un vecchio cavallo come te. Lavora per noi come scout, per un decimo di quello che guadagnavi prima. E viaggiando molto di più."

Chiuse la valigia, digitò "National Airport" nell'app di Uber e si diresse verso la porta. Indossando la pelliccia di visone che Harry le aveva regalato per il loro terzo Natale, scese le scale e si recò all'ingresso.

La posta era per terra. Si chinò per raccoglierla. C'era una busta con il suo nome e un mucchio di cartoline natalizie. Controllò l'indirizzo del mittente.

"Mmm. H. Cohen, avvocato. Probabilmente solo pubblicità. Probabilmente è solo un avvocato che vuole farmi fare testamento o qualcosa del genere," disse lei. Il suono di un clacson attirò la sua attenzione. Non aveva tempo di buttare quella lettera, così se la mise nella borsetta e corse fuori verso il taxi di Uber, che l'aspettava accanto al marciapiede.

L'aeroporto era molto affollato. Kitty si pentì di aver deciso di volare invece di prendere un treno.

"Anche i treni sono affollati durante le vacanze. La gente ti starnutisce in faccia. E ci vuole un'eternità," le aveva detto Harry. "Prendi l'aereo. Viaggia in prima classe."

"È uno spreco di denaro per un volo così breve."

"Non mi importa. È Natale. Voglio che tu arrivi felice."

"Lo trascorrerò con te. Perché non dovrei essere felice?" gli aveva detto, stringendogli le braccia intorno alla vita.

Lui l'aveva baciata. "Prima classe, Kit."

"Ok."

Lei lo ringraziò in silenzio. Lui aveva ragione. Harry si occupava di lei 24 ore su 24, 7 giorni su 7. Si prendeva cura di lei con la stessa solerzia con cui difendeva la porta degli Huskies - con tutto sé stesso.

Quando riuscì a superare la fila di persone in attesa di imbarcarsi sui loro voli, si sedette sua poltrona comoda e spaziosa a sorseggiare champagne. Guardando fuori dal finestrino le luci di Washington, pensò al Natale. Ogni anno, la sua famiglia e i loro amici si univano a loro per un buffet della vigilia nella loro enorme casa a West Hartford.

Il giorno di Natale, il suo giorno preferito dell'anno, lo trascorrevano loro due da soli, poiché lui aveva solo tre giorni liberi. Lei adorava il giorno di Natale. Iniziavano facendo l'amore, poi facevano una piacevole colazione che si protraeva fino al pranzo. Aprivano i regali, guardavano qualche film e poi facevano di nuovo l'amore. Kitty preparava la cena usando gli avanzi della sera prima.

Ma quest'anno? Che cosa avrebbero fatto? L'emozione si accumulò dentro di lei. Frugò nella sua borsa in cerca di un fazzolettino. C'era quella stupida lettera.

"Signorina, potrebbe buttarla, per favore?"

L'hostess prese la busta. La esaminò. "Ne è sicura? Sembra una lettera personale."

Kitty la prese e la esaminò. La donna aveva ragione, non sembrava la solita pubblicità. Mmm, una lettera di un avvocato, proprio ciò di cui aveva bisogno. Finendo di bere il suo drink, aprì la busta e lesse il contenuto.

HARRY SALÌ IN MACCHINA nel parcheggiò dello stadio e si diresse verso la casa a West Hartford. Vivevano in una bella casa, spaziosa e decorata con gusto da Kitty. Harry trascorreva la maggior parte del tempo in salone. Con due divani componibili, un enorme camino in pietra, un gigantesco televisore al plasma e un lungo tavolo da pranzo, soddisfaceva tutti i suoi bisogni, tranne quello di dormire.

Durante il viaggio verso casa, Harry si concentrò sull'offerta degli Huskies di un lavoro come scout. Non l'avrebbero pagato molto, non in confronto ai milioni di dollari che guadagnava come difensore. Avrebbe viaggiato almeno nove mesi all'anno. Con il divorzio in corso, forse il lavoro di scout avrebbe funzionato. Avrebbe viaggiato troppo per tenere saldo il loro matrimonio. Sarebbe stata una buona scusa per lasciare a Kitty la sua libertà. Sempre meglio di ammettere di aver fallito come marito.

Harry aveva chiesto a Timmons il tempo di valutare l'offerta. Avrebbe preso i soldi e li avrebbe divisi con Kitty. Così lei avrebbe avuto l'aiuto economico di cui aveva bisogno per portare la galleria al livello successivo. La volontà di Kitty di lavorare sodo e di trovare un modo di rendere redditizia la sua galleria d'arte abbastanza da mandarla avanti lo stupiva. L'ultima cosa di cui lei aveva bisogno era un fallito come lui, che avrebbe rovinato la sua reputazione.

Alice, la loro governante, aveva fatto in modo che la neve del vialetto anteriore venisse spalata. Harry inserì la chiave nella serratura ed entrò in casa. Fu accolto dal profumo di pino fresco. Posò il borsone, raggiunse il bancone e si preparò un Chivas on the rocks. Poi mise il CD di Natale che Kitty aveva fatto con le loro canzoni preferite.

La sua governante aveva appeso le due ghirlande che Kitty aveva spedito e aveva messo l'albero di Natale in un posto che lo facesse risaltare, in attesa di essere decorato. Lui sospirò. Quest'anno, avrebbe tutto il tempo del mondo per decorare l'albero.

Il fuoco del caminetto era acceso. Accese un pezzo di giornale e lo mise nel camino, poi lo spinse sotto i ceppi di legno. Si tolse le scarpe e si sedette sul divano a guardare il fuoco. Il crepitio della legna secca contribuiva a creare atmosfera. Salendo le scale fino alla camera da letto, rovistò nel suo cassetto finché non trovò i regali di Kitty. Tornò al piano di sotto e mise le due scatoline sotto l'albero.

Ne prese un altro più grande da sotto il divano. Dentro c'era il piumone che lei avevo visto nella piccola bottega artigianale della città. Lo mise accanto ai regali più costosi. Harry fece il giro della stanza, ricordando dove aveva nascosto ogni regalo che aveva comprato durante l'anno. C'era il libro con le enormi immagini a colori delle opere dei suoi artisti preferiti. E quella borsa che le piaceva tanto, ma che non aveva voluto comprare perché costava troppo. Harry amava travestirsi da Babbo Natale per sua moglie.

Dopo aver sistemato tutto, si versò un altro drink e si mise a canticchiare *Silver Bells,* insieme a Nat King Cole. Era tutto pronto per Natale. Adesso, aveva solo bisogno di Kitty. Si mise vicino alla finestra panoramica e osservò la leggera nevicata all'esterno. I fiocchi scendevano, prendendosi il loro tempo come se aspettassero di trovare il punto perfetto dove cadere. Ricoprivano i rami spogli degli alberi, ombreggiandoli e dando loro profondità. Le stelle brillavano come luci di Natale nel cielo.

Lo scricchiolio delle gomme sulla neve del vialetto catturò la sua attenzione. Spostò la tenda. Una limousine parcheggiò davanti alla porta. L'autista aprì il bagagliaio e mise le valigie di Kitty davanti la scalinata all'ingresso. Lei gli diede la mancia, sebbene non fosse necessario perché era già compresa nella tariffa e lui sollevò il berretto.

Avvolta fino al mento nella sua pelliccia di visone, la sua splendida moglie salì i gradini, con le valigie in mano. Harry aprì la porta.

"Kitty! Piccola! Buon Natale!" esclamò, aprendo le braccia e cercando di abbandonarsi allo spirito natalizio.

Lei si avvicinò e gli diede uno schiaffo. "Non osare farmi gli auguri!"

Capitolo Tre

Harry fece un passo indietro. "Che cazzo succede?"

"Esatto! Che cazzo è questo?" gli chiese, agitandogli un foglio davanti al viso.

"Non lo so. Di che si tratta?"

"Il divorzio! Vuoi il divorzio? Da quando? E quando me ne avresti parlato?" disse lei, avanzando nella stanza.

Harry indietreggiò.

Kitty sbatté la porta e si diresse verso il divano. Iniziò a lanciargli i cuscini. Harry alzò le braccia per proteggersi.

"Sei un verme, Harry Edwards! Il divorzio? Che ne dici di un funerale, invece? Potrai organizzarlo io."

Harry raccolse il foglio e lo aprì. "Merda."

"Merda? Merda? Non hai altro da dire?" Le lacrime le appannarono gli occhi mentre si buttava sul divano.

"Non avevo idea che Herb avrebbe fatto questo."

"Quindi lo sai? Vuoi il divorzio?"

"No, beh, sì. Ma non è proprio così, in realtà."

"Allora com'è, Harry?"

"Voglio darti la tua libertà."

"Che cosa?" chiese lei, alzandosi in piedi.

"E qualsiasi altra cosa tu voglia."

"Te l'ho forse chiesto io?"

"No. Ho immaginato che non l'avresti fatto. Ma sapevo che la fine della mia carriera era vicina. Perché dovresti restare insieme a un fallito come me? Tu ti meriti di meglio. La tua carriera è alle stelle. La mia è finita. Non voglio trattenerti."

Quando lei gli si avvicinò, lui fece un passo indietro, accarezzandosi la guancia.

"NON TI DARÒ UN ALTRO schiaffo. Chi ti credi di essere? Pensi di poter prendere decisioni così importanti per me? Da quando ho bisogno che sia tua a decidere cosa è meglio per me? Se volessi divorziare, te lo direi io stessa."

"Sapevo che lo avresti detto."

Lei arrossì in viso. "Sei solo un idiota presuntuoso!"

Rischiando un altro schiaffo da parte di sua moglie, Harry le prese il braccio. "Ascoltami. So che non sei il tipo di donna che molla tutto facilmente. Lo so perfettamente. È una delle mille ragioni per cui ti ho sposata. Ma stavolta è diverso. Non so che ne sarà di me."

"Accetterai il lavoro di scout?"

"Ci sto pensando. Se non fossimo sposati, potrei viaggiare tutti i giorni."

Lui le si avvicinò. Kitty scrutò il suo viso.

"Non avevi intenzione di parlarne con me?"

Lui scosse la testa. "Ci ho pensato. Ma so che tu non vorresti che le cose cambiassero. Kitty, non sono lo stesso uomo che hai sposato. La mia vita sta cambiando. Non posso tenerti legata a me mentre tutto cambia."

"Oh, capisco. E nella buona e nella cattiva sorte non vuol dire niente?"

Lui si mise a ridacchiare. "Volevo lasciare a te l'occasione di dirlo."

Lei si tolse il cappotto e lo appese nell'armadio, poi lo guardò.

"Capisco. La tua vita perfetta non è più così perfetta. Ti hanno lanciato una palla curva. Scusa, sport sbagliato. Proprio come succede a chiunque là fuori. Ti è successo qualcosa di terribile, qualcosa su cui non puoi avere alcun controllo. E tu cosa fai? Mi coinvolgi per trovare insieme un modo per affrontare tutto questo? No. Scappi. E intanto mi scarichi."

"Se la metti così—"

"Come altro dovrei metterla? Se è quello che vuoi fare, allora sì, hai ragione. Non sei più l'uomo che ho sposato. Io ho sposato un combattente. Non uno smidollato che si allontana strisciando, con la coda tra le gambe, alla prima difficoltà. Adesso vado di sopra."

Lei prese la sua borsa.

"Aspetta!"

"Perché? Hai già preso una decisione. Ti sei arreso. Avevo un'idea, ma evidentemente è troppo tardi. Quindi procedi. Fa' quello che vuoi. Sono stanca. Me ne vado a letto."

"No, non farlo."

Lei gli voltò le spalle e salì al secondo piano.

Harry si accarezzò il viso ispido. Che cosa aveva fatto? Fanculo a quel fottuto di Herb. Perché le aveva mandato quella lettera? Se Harry l'avesse saputo, ne avrebbe parlato prima con Kitty. Ora tutto, la loro relazione, il loro matrimonio, era ridotto in pezzi. Era sbagliato amarla tanto da lasciarla libera? Lei non la vedeva in quel modo. Sarebbe riuscito a salvare le cose e qual era il piano di Kitty?

Fin dall'inizio, aveva capito che era molto più intelligente di lui. Aveva distrutto il suo matrimonio comportandosi come uno stupido idiota? Sperava di no. Harry andò al bar, preparò due punch e poi si diresse verso la cucina. Li riscaldò nel microonde e andò verso la camera da letto.

QUANDO APRÌ LA PORTA, la luce proveniente dal corridoio oscurò una figura che giaceva sull'enorme letto king-size. Kitty sembrava così piccola, rannicchiata sotto una soffice trapunta per ripararsi dal freddo. Quando lui entrò nella stanza, lei non si mosse. Lei l'aveva già ignorato altre volte. Lui si accorse di quanto fosse arrabbiata. Mise il vassoio sul comodino e accese la lampada.

"Ponch caldo?"

Nessuna risposta.

"Andiamo. Unisciti a me. Così ti toglierai un po' di freddo dalle ossa."

Ancora nessuna risposta. Lui sospirò.

"Ok, ok. Sì, ho parlato con un avvocato. Non avrebbe dovuto mandarti quella lettera. Non avevo idea che l'avrebbe fatto. Volevo solo che preparasse un'offerta. Poi avevo deciso di parlartene."

"Quell'avvocato è un coglione," disse una vocina da sotto le coperte.

"Un vero coglione," disse Harry.

Lui bevve un sorso. "Questo è il miglior ponch caldo che abbia mai fatto. Vieni fuori, Kitty. Mi dispiace. Ho sbagliato. Hai ragione. Non avrei mai dovuto farlo senza prima parlartene."

Era fatta. Lentamente, la sua bella moglie spostò le coperte e mostrò il suo volto in lacrime.

"Oh, piccola. Ti ho fatto piangere? Mi dispiace moltissimo," disse, avvicinandosi a lei.

Lei si irrigidì e prese il suo bicchiere dal vassoio. "Non toccarmi," disse, prima di bere un sorso.

Si accigliò alle sue parole e al tono della sua voce. Non sarebbe stata una situazione facile da risolvere. Bevve un altro sorso mentre il suo cervello cercava una soluzione.

"Qual era il tuo piano?" le chiese.

Lei gli lanciò un'occhiata e bevve un sorso.

"Andiamo. Dimmelo. Sono sicura che è migliore del mio."

"Qualunque cosa è migliore del tuo, tranne la morte."

Lui si mise a ridacchiare.

"Non era una battuta," ribatté lei.

"Lo so, lo so. Ma mi ha fatto ridere. Senti, cosa devo fare per parlarti?"

"Dire che il divorzio era l'idea più stupida del mondo e che non l'avresti mai voluto."

"Ok. Il divorzio era l'idea più stupida del mondo e non l'avrei mai voluto."

"È un inizio," rispose lei.

"Che altro posso fare?"

"Forse fustigarti in pubblico?" chiese lei, aggrottando la fronte.

A quel punto, Harry scoppiò a ridere. Un sorriso comparve sulle labbra di Kitty. Lei bevve un sorso e si appoggiò allo schienale, tirando su le coperte fino a coprirsi il seno.

"Perché ti copri così?" chiese Harry.

"Il sesso non ti farà ottenere quello che vuoi. Quindi allontanati."

Lui sollevò le mani. "Ok. Scusami. Non posso fare a meno di guardare."

"Ascolta, sta' zitto. Questa è una cosa seria. Sai quanto è stato difficile quel volo?"

"L'hai letto sull'aereo?"

"Sì," disse lei, con la voce tremante e gli occhi umidi.

"Oh, mio Dio. Mi dispiace tantissimo."

"Pensavo che non mi amassi più e che volessi il divorzio. Pensavo che avessi conosciuto qualcuna in trasferta e che avessi deciso di scaricarmi." Mentre parlava, alcune lacrime le scorrevano sulle guance.

Asciugandole le lacrime con il pollice, lui iniziò a parlare. "Non potrei mai amare nessuno né volere nessuno al di fuori di te. Devi crederci."

"Ci credevo."

"Oh, piccola. Dio. Questo è terribile. Non volevo ferirti."

"Ma l'hai fatto. Così mi sono arrabbiata. Io ti resto fedele per tutte le settimane in cui non stiamo insieme e tu ti da fare a scopare in giro? Quest'idea mi ha fatta impazzire. Ho immaginato ogni genere di cose."

Lui le accarezzò la guancia e le diede un bacio sulla fronte. "No. Sono stato sempre fedele."

"Volevo ucciderti." Lei si asciugò il viso con un fazzolettino e si soffiò il naso.

"Posso immaginarlo. E adesso?"

"Forse posso accontentarmi di picchiarti un po."

"Fa' pure," le disse, cercando di non sorridere.

Lei gli si avvicinò e lo picchiò sul petto un paio di volte. Lui non batté ciglio.

"Ok. Adesso stai meglio?" le chiese.

"Un po'. Non ti ho fatto nemmeno un graffio, vero?"

Lui scosse la testa, poi le strinse la mano. "Le tue mani sono adorabili. Non potresti far male a una mosca." Lui gliele baciò.

I suoi occhi divennero di nuovi lucidi. "Cazzo. Riesci sempre a fare o a dire qualcosa per farti perdonare."

"È questa l'idea. Ti amo, Kitty. Ti ho sempre amata. E lo farò sempre."

"Niente divorzio?" gli chiese, sollevando le sopracciglia.

"Niente divorzio."

"Bene. Anch'io ti amo. Harry. Troveremo una soluzione. Vedrai."

Lui si alzò dal letto, finì il suo drink e si tolse il maglione. Quando rimase in boxer, si mise a letto.

"Che cos'hai in mente?" chiese, prendendo sua moglie tra le braccia.

Kitty si rannicchiò, appoggiandogli la guancia sul petto.

"Tieni la mente aperta. È solo un punto di partenza."

"Ti ascolto."

"Ti ricordi dei figli che volevi che avessi tre anni fa?"

"Sì?"

"Ho pensato che potremmo averli adesso."

"Davvero?" Lui sollevò le sopracciglia.

"Sì. Dato che in un certo senso non stai lavorando. Non hai intenzione di accettare il lavoro di scouting, vero?"

"No, se tu non vuoi."

"Non voglio. Ne ho abbastanza di stare sempre lontana da te. Quindi, ti dicevo. Potresti restare a casa con i bambini."

"A fare il casalingo?"

"A fare il papà."

"Io? Il difensore degli Huskies? A cambiare pannolini e a far fare il ruttino a dei bambini?" Lui aggrottò la fronte.

"Ai tuoi bambini. E a insegnare loro a giocare a hockey. Saresti un papà meraviglioso. Solo mentre io sarò al lavoro. Tornando a casa, ti darei il cambio."

"E suppongo che tu voglia anche che io prepari la cena, vero?"

"Questo dipende da te."

"Dimmi che stai scherzando."

"Pensavo che volessi dei bambini. Cazzo, tre anni fa mi hai detto di tutto perché volevo aspettare. Adesso basta aspettare."

"È una follia." Lui scosse la testa.

"Sarai un padre magnifico. Hai molte cose da insegnare ai bambini," disse lei.

"È una follia."

"Sì, l'hai già detto. Almeno ci penserai?"

Lui si accigliò, aggrottando la fronte.

"Per favore. Pensaci. Non devi decidere adesso."

"Ok. Ci penserò."

Lei gli lanciò uno sguardo provocante. "Potremmo provare a fare il primo adesso."

Un sorriso gli illuminò il viso. "Potremmo. Sì. Mi piacerebbe."

"Deve piacerti perché succeda," ridacchiò lei, tirando giù il piumino.

LA VIGILIA DI NATALE

Harry si svegliò per primo. Si stiracchiò a letto e sbadigliò. Sentirsi bene senza poter giocare lo uccideva. Non era come avere un braccio rotto o paralizzato, niente del genere. Aveva ancora un fisico perfetto, eccetto la cicatrice dell'intervento, ma non aveva più la resistenza necessaria per giocare a hockey.

Scuotendo la testa, andò in bagno, si lavò i denti e cercò di allontanare quel senso di frustrazione dalla mente. Kitty l'aveva pregato di non annullare la festa e lui era d'accordo. Harry avrebbe fatto finta di essere felice e allegro, di ridere e di sentire lo spirito natalizio. Non avrebbe mai dovuto affrontare una situazione più difficile.

Sua moglie dormiva ancora. I suoi capelli ramati risaltavano sulla federa color avorio. Una spalla nuda sporgeva dalla soffice trapunta. La sua pelle liscia, dal colore della porcellana, lo tentava. Secondo la tradizione, fare l'amore era nel programma della giornata.

Dopo essersi controllato le ascelle, tornò a letto. Harry mise il braccio intorno alla vita di Kitty. Lei si mosse.

"Che ore sono?"

"È l'ora di fare l'amore," rispose lui.

Soffocando una risatina, lei si voltò per guardarlo. "Prima vado in bagno."

"Va bene," disse lui, toccandole il sedere mentre si alzava dal letto.

Saltellando sul pavimento freddo, la sua pelle nuda tremava per i brividi mentre lei si stringeva le braccia intorno al petto. Harry aumentò la temperatura del materasso. Dopo pochi minuti, la porta del bagno si aprì e la sua bellissima moglie nuda raggiunse l'altra parte della stanza e balzò sul letto. Harry la strinse a sé, vicino al suo corpo caldo.

"Oh, mio Dio. Fa freddo," disse lei, battendo un po' i denti.

"Ti scaldo io," ridacchiò lui.

Kitty gli mise una gamba intorno ai fianchi e gli appoggiò il viso sul collo. Un profumo leggero, dolce e familiare gli stuzzicò il naso. Le accarezzò dolcemente la schiena con le mani.

"Ti stai riscaldando?"

Lei annuì.

Harry allentò la presa per sfiorare il suo magnifico seno, appoggiato sul suo petto. Il sangue gli pompava fino al cazzo mentre la accarezzava. Kitty lo baciò, scatenando il suo desiderio. Lui le strinse il sedere, spingendo i fianchi contro i suoi. Il suo culo perfetto gli riempì la mano. Lei gli accarezzò la gamba con il piede. Quando lei sollevò il ginocchio, lui le afferrò la coscia, mettendole le dita sul sedere. Le lasciò scivolare tra le sue gambe e sorrise mentre lei emetteva un piccolo sussulto.

"Harry," gli sussurrò lei all'orecchio.

"Ti amo", disse lui.

Kitty strinse le dita intorno al suo pene in erezione mentre lui la accarezzava. Poi lui fece scivolare un dito tra le sue gambe ed entrò dentro di lei. Lei chiuse gli occhi e smise di muoversi.

"Cazzo. Continua a farlo. Non smettere. Non smettere mai."

"Pronta?" le chiese.

"Cazzo, sì."

Si mise sopra di lei, si lubrificò con i suoi fluidi ed entrò dentro di lei. Amava sentirla stringersi intorno a lui. I suoi gemiti e i suoi movimenti aumentavano il suo desiderio. Almeno riusciva ancora a dare piacere a sua moglie. La gratitudine gli riempì il cuore. Continuando a spingere i fianchi, socchiuse gli occhi per osservare la sua reazione.

L'espressione di Kitty si addolcì, poi strinse gli occhi mentre i suoi gemiti si facevano ancora più forti. Lei stava per venire. Harry sorrise mentre la guardava abbandonarsi all'orgasmo. Abbassò la testa per baciarle il collo. Lui iniziò a sudare sulla fronte.

Sollevandosi sulla braccia, la guardò. Lei spalancò gli occhi, che sembravano di un verde più brillante.

"Harry," sospirò lei.

Lui sorrise. "Bello?"

"Il migliore."

Lei contrasse di nuovo i muscoli intorno a lui, facendo esplodere il calore nel suo corpo. Lui aumentò il ritmo e chiuse gli occhi mentre si abbandonava al suo orgasmo. Le sue palle si irrigidirono, poi un brivido, una spinta energica, e si fermò. Il calore e il piacere gli attraversarono le vene fino alle dita dei piedi.

Sollevandosi, abbassò di nuovo le labbra tra le sue gambe, poi si allontanò. Accovacciandosi, accarezzò con lo sguardo il corpo di sua moglie. Bella, vulnerabile e soddisfatta, Kitty gli sorrise e gli passò le dita tra i capelli.

"Ti amo, Harry Edwards."

"E io amo te, bellezza."

Si lasciò cadere sui cuscini accanto a lei. Kitty si accoccolò tra le sue braccia, appoggiando la testa sulla sua spalla. Harry passò la punta delle dita sulla sua pelle nuda. I suoi pensieri ritornarono alla sua situazione, facendogli aggrottare la fronte.

"Sei preoccupato per l'hockey?" gli chiese.

"In un certo senso."

"Non pensarci. Stasera festeggeremo. C'è ancora tanto da fare. Il servizio di catering sarà qui a mezzogiorno," gli disse.

"A mezzogiorno? Pensavo che fosse stasera."

"Stasera, la vigilia di Natale, inizia alle quattro. È un party open house. Credo che ci saranno persone che andranno e verranno dalle quattro alle undici."

"Accidenti."

"Lo so. Ma tu ti diverti sempre. Domani trascorreremo la giornata in accappatoio e mangeremo gli avanzi."

Lui sorrise. "Questo è il miglior regalo di tutti." Stavolta non avrebbe giocato, quindi non importava se avesse bevuto o si fosse riposato o si fosse allenato durante quei giorni liberi, no?

"Sei un animale da festa, Harry."

Lui scoppiò a ridere. "Non esattamente. Che ore sono?"

"Le dieci. Di già," borbottò lei, distendendosi sulla schiena.

"Meglio vestirsi prima che arrivino gli ospiti," mormorò lui, spostando le coperte e sedendosi sul bordo del letto.

Kitty gli prese la mano e, portandosela alle labbra, sussurrò: "Grazie."

Harry si chinò, le accarezzò la guancia e le sfiorò le labbra con le sue. Poi si alzò, andò in bagno e aprì la doccia.

ALLE UNDICI E MEZZA, la sua casa era piena di baristi, camerieri e fattorini del negozio di liquori. La casa era stata pulita da cima a fondo. La cucina traboccava di gente che cucinava. Con indosso una tuta blu, Kitty stava in piedi nel salotto, intenta a dirigere tutti.

Dei bar temporanei furono installati all'ingresso e nello studio. Il tavolo della sala da pranzo, allungato al massimo con l'aggiunta degli inserti, era stato apparecchiato con un'enorme tovaglia natalizia e posate in argento sterling. Era orgoglioso e pronto per ospitare quel delizioso buffet. I vassoi, tirati fuori dalle credenze, furono lavati e preparati per portare antipasti caldi e freddi tra la folla che avrebbe invaso casa sua nel primo pomeriggio.

Harry indossò una tuta di felpa e un piumino, entrò nel suo SUV e corse via. Andò in giro per un'ora, fermandosi a fare colazione in un caffè a conduzione familiare lì vicino. Senza sapere dove andare, voltò la macchina verso Hartford e verso lo stadio. Almeno lì sarebbe stato tranquillo.

Dopo aver inserito il suo codice, aprì la porta e si diresse verso la pista. Accese le luci. La Rolba aveva ripulito tutto e quella distesa di ghiaccio incontaminato lo chiamava. Amava essere il primo sul ghiaccio pulito, lasciando le sue tracce sulla superficie liscia.

Tirò fuori i pattini dal suo armadietto e fece un giro. Facendo attenzione a non sforzarsi, si mise a scivolare sul ghiaccio, in avanti, poi indietro, sollevando una gamba e facendo una piroetta. Harry pattinava sul ghiaccio da quando aveva otto anni. I ricordi delle gare di pattinaggio di velocità su uno stagno ghiacciato nel bosco gli tornarono in mente. Lui sorrise. Fin dall'inizio, il piccolo Harry Edwards era il bambino più veloce sul ghiaccio della sua piccola città natale. I suoi genitori, che tiravano sempre la cinghia per dare da mangiare a una famiglia di cinque persone, erano riusciti a risparmiare abbastanza da comprargli un paio di pattini da ghiaccio di seconda mano per Natale.

Era stato amore alla prima pattinata. Quando si faceva buio, andavano a cercarlo nel bosco. Lo trovavano lì, intento a volteggiare e a correre sullo stagno ghiacciato. Ora era tutto finito. Il suo cuore si fece pesante.

Col fiato corto dopo tre giri, Harry raggiunse la panchina. I ricordi dei lanci che avevo bloccato gli tornarono in mente. Seguiti dall'immagine di quell'ultimo salvataggio, quello che si era portato via la sua carriera e la sua vita. Gli sembrava quasi di sentire ancora il dolore al collo. Si toccò la cicatrice e si ricordò il panico, misto a quel dolore atroce, di non riuscire a respirare.

Prima di portarlo in ospedale, gli avevano fatto una tracheotomia direttamente allo stadio. Si era risvegliato agganciato alle macchine. Rinvenendo, aveva sentito una mano piccola e calda, stretta nella sua. Kitty aveva preso un volo da Washington. Era rimasta al suo fianco per le prime tre settimane, lasciando la galleria nelle mani della sua assistente.

La gratitudine per la sua fedeltà gli aveva riempito di nuovo il cuore. Anche se non l'avrebbe mai ammesso, Harry era spaventato a morte. Kitty aveva fatto di tutto per calmarlo. I dottori l'avevano rassicurato che non sarebbe morto e che sarebbe stato in grado di respirare di nuovo da solo piuttosto presto.

Solo quando aveva ricominciato ad allenarsi e ad avere i primi problemi i medici avevano ammesso che la sua vita non sarebbe stata più esattamente la stessa. Non potevano prevedere in che misura ciò che era rimasto della sua trachea avrebbe influenzato il suo gioco. Cazzo, pensavano che fosse un miracolo se era ancora vivo.

Quelle immagini gli sparirono dalla mente. Harry fissò la pista vuota e si alzò. Sentì una fitta al cuore. Nulla poteva sostituire gli esulti della folla, soprattutto quando bloccava un goal o eliminava un avversario. Il rumore gli aveva dato una scarica di adrenalina. Per alcuni secondi, era ancora Harry Edwards, il re della pista.

L'emozione si sollevò come un'ondata di marea nel suo petto. Gli occhi gli bruciavano. Non riuscendo a trattenere le lacrime, Harry si coprì il viso con le mani e si mise a singhiozzare. Appoggiandosi alla ringhiera, scoppiò a piangere. Aveva perso la sua carriera. Che cosa ne sarebbe stato del suo matrimonio?

Il cigolio di una porta interruppe la sua autocommiserazione. Si asciugò il viso con la manica e si sedette. Era il coach Timmons.

"Ho visto una macchina. Ho pensato che fossi tu."

"Davvero?" rispose Harry.

"Non riesco a immaginare nessuno degli altri ragazzi che viene qui a pattinare in un giorno libero."

Harry sorrise. "Ho capito bene."

Stan Timmons si sedette accanto a Harry.

"Come stai?"

"Sono stato meglio. Sto bene. Suppongo."

"Accetterai quel lavoro da scout?"

Harry scosse la testa. "Non se voglio restare sposato."

Il coach annuì. "Capisco. I viaggi. Giusto?"

"Giusto."

"Qualche altro progetto?"

"No."

Il coach strinse le labbra. "Potrei fare qualcosa per te."

"Davvero?" Harry si voltò verso il suo coach.

"Sì. Lasciami fare qualche telefonata. Potrebbe essere qui a Hartford, però. Dove lavora tua moglie?"

"A Washington."

"Oh, già. Tutto ciò che potrei trovarti sarebbe qui."

"Sarebbe comunque qualcosa."

Il coach Timmons diede a Harry una pacca sulla spalla. "Perfetto, allora. Farò qualche telefonata e ti farò sapere. Buon Natale, a proposito."

"Buon Natale, coach."

Stan Timmons si incamminò verso il suo ufficio. Harry si tolse i pattini, li ripose nel suo armadietto e si lavò il viso. Salì in macchina, fece un respiro profondo e tornò al caos di casa sua. Cosa avrebbe detto Kitty di un'opportunità che l'avrebbe tenuto a Hartford? Avrebbe dovuto vendere la sua amata casa e assumere il ruolo permanente di "Mr. Kitty" a Washington? Sospirò e mise in moto l'auto.

Capitolo Quattro

Quando Harry entrò in casa, i frenetici preparativi per la festa erano in corso. Il suono del campanello attirò la sua attenzione. Quando aprì la porta, si trovò davanti un uomo che non aveva mai visto prima.

"E lei sarebbe?"

"Il pianista," rispose l'uomo sull'uscio.

"Avanti, si accomodi." Harry si fece da parte, facendo entrare l'estraneo in casa sua. "Da questa parte."

"Qualche preferenza per la musica?"

"Solo canti di Natale."

"Certo. Ma religiosi o laici?"

"Niente madrigali, inni, marce funebri o canti gregoriani. Qualcosa di divertente. Nel perfetto spirito natalizio," disse Harry.

Divertente. Era a malapena riuscito a pronunciare quella parola. Si sarebbe mai più divertito, al di fuori del sesso con sua moglie?

"Va bene." L'uomo si sedette al pianoforte, allungò le braccia e iniziò a eseguire le scale.

Tutti si riscaldano. Pianisti, cantanti, giocatori di hockey... ma lui non si sarebbe mai più riscaldato. L'emozione si fece strada nel suo petto. Iniziò a tossire.

"Amore? Tutto bene?" gli chiese Kitty. "Sherman, gli porti un bicchiere d'acqua. Per favore."

Un altro uomo che Harry non conosceva gli si avvicinò con un bicchiere. Harry annuì, prese il bicchiere e iniziò a sorseggiare.

"Bene." disse Kitty, dando un rapido bacio sulle labbra a Harry. "È ora di vestirsi," gli disse lei, prendendolo per mano.

Salirono le scale fino al boudoir e chiusero la porta. Harry si tuffò sul letto, poi si distese.

"Harry! Non addormentarti! La festa inizia tra mezz'ora."

"Solo un pisolino?"

Kitty si sedette accanto a lui. "Questa situazione ti butta giù, vero?"

"Davvero? Vuoi dire che perdere tutta la mia vita non è una buona ragione per sentirmi una merda?"

"Certo che lo è. Ma stasera? È la vigilia di Natale. Non possiamo concentraci su tutto ciò che abbiamo e provare ad essere grati? Non possiamo brindare con i nostri amici e familiari per il nostro futuro?"

"Futuro? Quale futuro? Un fottutissimo slapshot e ora sono fuori gioco. Ho trentatré anni, Kitty. Trentatré! Non quarantacinque. Sono troppo giovane per diventare totalmente inutile. Ma ora lo sono e tutto per colpa di quel maledetto intervento del cazzo."

"Quel maledetto intervento del cazzo ti ha salvato la vita," sottolineò lei.

"Vita? Quale vita? La mia vita è finita."

Lei aggrottò la fronte e i suoi occhi si inumidirono. "Harry Edwards! Non dirmi mai più una cosa del genere! La tua vita non è finita. Tu hai me. Il nostro matrimonio. I nostri futuri figli. E un'altra carriera. Dobbiamo solo capire quale."

"Per te è facile dirlo. La tua carriera è in crescita. Io sono finito. Finito. Scaricato. Fuori dalla squadra."

Lei si chinò per abbracciarlo. "So che ti senti così, ma vedrai. Le cose andranno meglio. Almeno ci siamo l'uno per l'altra e abbiamo del denaro in banca. Questo è più di quanto abbiano la maggior parte delle persone."

"Ottimismo del cazzo," borbottò lui, voltandosi su un fianco.

Lei gli accarezzò la schiena. "Vuoi che ti prepari i vestiti mentre tu ti riposi un po'? Così poi potrai cambiarti e partecipare alla festa. Ok?"

Lui annuì. "Grazie."

Kitty entrò in bagno. Harry chiuse gli occhi. Le note dei canti natalizi raggiunsero il secondo piano. Harry si mise a canticchiare le parole quasi automaticamente. Dopo aver partecipato a una montagna di spettacoli natalizi a scuola, conosceva a memoria tutti i testi.

The First Noel, Silver Bells... uno dopo l'altro uno, canti religiosi alternati a quelli laici. Harry chiuse gli occhi, ma quei canti continuavano a risuonargli in testa. Amava i canti natalizi. All'inizio del matrimonio, lui e Kitty si erano uniti a un gruppo di cantori del quartiere. Poi, quando lui aveva avuto successo, avevano venduto la loro casetta e avevano comprato quella casa così elegante. Cambiando quartiere, avevano smesso di svolgere quella tradizionale attività natalizia. Gli mancava.

Sentendo aprirsi la porta del bagno, ebbe un sussulto. Kitty uscì, con addosso un bellissimo vestito lungo di velluto verde foresta. L'ampia scollatura accentuava le sue spalle aggraziate e il suo seno abbondante. Dio, gli toglieva proprio il respiro!

"Sei stupenda," sussurrò lui.

"Grazie." Si chinò per baciarlo e uscì dalla porta prima che lui potesse dire altro. Le sue palpebre si fecero pesanti.

Una mano gli sfiorò la spalla. "Alzati. Harry. È ora di alzarti." Lui schiuse le palpebre assonnate per guardare sua moglie, seduta al suo fianco.

"Tesoro, la festa sta andando alla grande. Per favore, vestiti e scendi. Tutti chiedono di te."

Harry fece un lieve sorriso, si sollevò sui gomiti e spostò le coperte. Kitty l'abbracciò. "La festa non è la stessa senza di te. Sbrigati, tesoro."

Lui annuì. Lei lo chiamava "tesoro" quando si preoccupava per lui. Lui stava bene, fisicamente. Guardando Kitty negli occhi, ne ebbe la conferma. Lei aggrottò la fronte e si mordicchiò il labbro inferiore. Lui le accarezzò i capelli.

"Scendo subito."

"Bene. Ti amo," disse lei prima di andarsene.

Le note dei canti raggiunsero le sue orecchie. Il piano suonava una bella melodia, le voci, invece, non erano tanto intonate. Lui si mise a ridacchiare. Nessuno della squadra era bravo a cantare. Si sciacquò rapidamente il viso e si passò il pettine tra i capelli corti. Harry si abbottonò la camicia di flanella, si allacciò le scarpe e si diresse verso le scale. Quando comparve in cima, fu accolto con entusiasmo.

"Harry!"

I suoi chiassosi compagni di squadra sollevarono gli occhiali ed esultarono. Non era per quello che era successo, perché ancora non lo sapevano. Quella con il coach Timmons era stata una conversazione privata. Quei matti che giocavano negli Huskies lo facevano ogni anno per lui.

I genitori di Harry ora risiedevano in Florida, quindi non erano alla festa, ma quelli di Kitty erano lì. Salutarono Harry abbracciandolo e lanciandogli degli sguardi comprensivi. *Cazzo! Lo sanno!* Non poteva aspettarsi che Kitty nascondesse le cattive notizie alla sua famiglia.

Lui e i suoi compagni di squadra si diedero il cinque e si scambiarono qualche pacca sulla spalla mentre si dirigeva verso il bar. Almeno, poteva bere qualche drink mentre i suoi compagni di squadra restavano a secco. Salutò i vicini e raggiunse un gruppo di cinque compagni di squadra, che stavano parlando della prossima partita.

"I Falcons hanno vinto le ultime cinque partite," disse Buzzy.

"La squadra di Philadelphia è sempre stata difficile da battere," disse uno degli attaccanti.

"Quel cazzo di attaccante, Darren qualcosa?" disse il secondo difensore.

"È stato il loro capocannoniere per tutta la stagione."

I ragazzi si voltarono leggermente per guardare Harry. "Harry, hai qualche idea su come batterli?"

"Beh. Darren non è Dio. Ognuno ha una debolezza. Ricordo l'anno scorso..."

Harry si lanciò in una descrizione della partita dello scorso gennaio, poi espresse la sua opinione. I ragazzi pendevano dalle sue labbra. Alzando gli occhi, notò Kitty appoggiata a un arco, con un drink in mano, che sorrideva osservandolo.

"Che ne pensi di Pierre?"

"Pierre? Quella femminuccia?" Harry scoppiò a ridere e ricambiò lo sguardo dei suoi compagni.

Dopo il suo terzo scotch, si sedette comodamente su una poltrona. Erano le dieci e la maggior parte degli ospiti era andata via. I suoi amici dovevano andare a letto presto. Alcuni avevano dei figli che si sarebbero svegliati all'alba. Prima di tornare a casa loro, si abbracciarono e giurarono che avrebbero distrutto la squadra di Philadelphia.

Kitty gli si avvicinò, tenendo in equilibro un piatto pieno di cibo.

"Tieni."

"Grazie. Ho parlato così tanto che mi sono dimenticato di mangiare."

Kitty si sedette sul bracciolo della poltrona. Harry iniziò a mangiare, buttandosi su uno spiedino con prosciutto e ananas.

"Ti sei divertito?"

Con la bocca piena, lui annuì.

"Come immaginavo. Te l'avevo detto."

Lui inghiottì. "Vero. Ma per l'ultima volta."

"Cosa?"

"Chissà dove sarò o cosa farò il prossimo anno. Ma di sicuro non farò parte degli Huskies."

HARRY SI ADDORMENTÒ prima che Kitty venisse a letto. Dopo una notte inquieta, si svegliò alle quattro, riuscendo ad alzarsi dal letto senza disturbare sua moglie. Facendosi strada al buio, si diresse verso il soggiorno. Con i riscaldamenti abbassati, la casa si era raffreddata. Accese il fuoco nel camino e le luci dell'albero di Natale. Prendendo la soffice coperta appoggiata sul bracciolo del divano, se la avvolse intorno.

Sedendosi, Harry si mise a osservare il crepitio delle fiamme. Si voltò per esaminare l'albero. Alto circa due metri e perfettamente decorato da Kitty, le sue luci lampeggiavano nella stanza. Pur non essendo un tipo molto sentimentale, lo sguardo di Harry si soffermò sugli addobbi più significativi. C'era la rana sugli sci che le aveva regalato dopo il loro primo weekend sulla neve. I due cuori intrecciati che le aveva regalato dopo che avevano fatto l'amore per la prima volta. L'albero simboleggiava la loro vita insieme. I suoi occhi si inumidirono di lacrime.

Molte domande vorticavano nella sua mente. Invano, cercò di trovare le risposte. Amava sua moglie, la sua casa e l'hockey. C'era un modo in cui poteva continuare ad avere tutti e tre?

Kitty meritava di tenere la sua galleria a Washington. Ma, a dire la verità, la sua assenza non rendeva la situazione più facile. Le fan della squadra erano state una tentazione durante le trasferte. Lui aveva resistito, ma si era chiesto per quanto tempo ci sarebbe riuscito. Durante un viaggio lungo e difficile, la solitudine aveva preso il sopravvento. Aveva passato più di un'ora al telefono con Kitty. Avevano persino fatto sesso su Skype, ma niente superava il tocco della sua pelle o la calorosa rassicurazione delle sue coccole.

Il lavoro di scouting? No, non faceva per lui: era troppo lontano dalla pista di hockey e avrebbe dovuto viaggiare troppo. Le stanze d'albergo lo deprimevano. Non mostravano segni di vita né di personalità e non erano altro che sterili spazi vuoti.

Si distese sul divano e chiuse gli occhi. La sua mente era affollata dalle immagini di Kitty in stato di gravidanza e di un nugolo di neonati, accompagnate da urla, pianti e pannolini puzzolenti, che gli facevano perdere la pazienza. Si svegliò all'improvviso, con la fronte imperlata di sudore.

Poteva affrontare gli attaccanti più forti e i giocatori di hockey più grossi e brutali che lo spingevano in campo, ma prendersi cura di un bambino lo terrorizzava. Conosceva l'hockey, non i bambini. Che cosa ne sapeva di cosa volesse dire essere un genitore? Zero, nulla, nada, un bel niente - era totalmente ignorante in merito.

Li aveva voluti cinque anni fa, quando era troppo stupido per capire, ma adesso? La vita sarebbe stata caotica. Il tempo libero con Kitty sarebbe finito nel secchio della spazzatura, insieme alla loro vita sessuale. Lui rabbrividì. Avere figli non poteva salvarlo. Avrebbe dovuto salvarsi da solo.

Il calore del fuoco fece aumentare la temperatura della stanza, rendendola quasi confortevole. Si mise la coperta sotto le cosce e si addormentò.

"Ho, ho, ho, Babbo Natale. È ora di alzarsi," gli disse all'orecchio una voce fintamente profonda.

Harry sbadigliò e si strofinò gli occhi. Indossando una vestaglia di flanella blu in fantasia scozzese, Kitty si fermò davanti a lui, con un sorriso raggiante.

"Buon Natale," gli disse, tenendo in una mano un pacchettino rettangolare e nell'altra una tazza di caffè fumante.

"Buon Natale, tesoro. Grazie per il caffè." Lui prese la tazza e guardò l'altro oggetto.

"Questo è per te." disse lei, mettendoglielo in mano. Harry mise giù la sua bevanda e lo aprì. Dentro c'era un orologio d'oro.

"Credevo che te lo meritassi, per gli anni in cui hai giocato a hockey," disse, sedendosi accanto a lui sul divano.

Lui se lo mise al polso. "Perfetto. È magnifico. Grazie," le disse, osservandolo da tutte le angolazioni prima di dare un bacio a sua moglie. Mettendo da parte la scatola, si alzò e si diresse verso l'albero. Dopo aver frugato tra i pacchetti, prese quelli della gioielleria.

"Questi sono per te. Buon Natale, Kitty. E grazie di essere la moglie migliore del mondo." le disse, porgendole i regali.

Lei strappò la carta. Il suo viso si illuminò come un migliaio di stelle quando vide i diamanti.

"Sono veri. Davvero. Sono veri." Lui annuì.

"Oh, mio Dio! Harry! È troppo. Costno troppo," disse, agitandogli il braccialetto di diamanti davanti agli occhi. "Devi riportarlo al negozio. Non possiamo permettercelo adesso."

"Ti piace?"

"Certo. A chi non piacerebbe? Ma..."

Lui le mise un dito sulle labbra. "Non costa troppo. Possiamo permettercelo. Sempre che ti piaccia."

"Ma il tuo stipendio?"

"Stanno preparando il mio contratto. Ma anche senza contratto, credimi, non abbiamo problemi."

"È bellissimo. Mi aiuteresti a metterlo?" gli chiese, guardandolo con gratitudine.

Lui si mise a ridacchiare. "Certo. Fatto. Perfetto. Ti sta benissimo."

Lei gli diede un bacio appassionato. Harry la trascinò sul divano per fare l'amore con lei.

Quando finirono, Harry preparò un'altra tazza di caffè e aprirono insieme gli altri regali. Harry indossò una delle sue camicie di flanella, sorridendo al suo riflesso nello specchio. Kitty indossò gli orecchini di diamanti. Preparò le uova strapazzate e riscaldò il prosciutto rimasto. Harry accese la televisione e preparò una lista di film da guardare durante il giorno.

Non fecero nessuna telefonata e non si vestirono nemmeno. Si accoccolarono davanti alla tv, mangiarono a sazietà, bevvero champagne e fecero l'amore.

Nel bel mezzo di "*La vita è meravigliosa*", squillò il telefono. Harry fece una smorfia, ma si alzò a prendere il cellulare. Era il coach Timmons.

"Mi dispiace di disturbarti il giorno di Natale, Harry, ma voglio presentarti qualcuno. Hai tempo domani?"

"Certo, coach. Di chi si tratta?"

"Vengo a prenderti alle dieci. Ti spiegherò nel tragitto."

"Ok. Per me va bene. Buon Natale."

"Grazie, Harry. Anche a te."

Harry inclinò la testa. Pur non essendo una persona riservata, al telefono il coach Timmons era stato molto misterioso. Il suo comportamento aveva stuzzicato la curiosità di Harry.

"Chi era al telefono?"

"Il coach. Vuole vedermi domani."

"Oh. Spero che siano buone notizie."

"Anch'io." Se solo lei l'avesse saputo. Forse, dopo tutto, lui non era ancora finito.

IL MATTINO SEGUENTE, Harry indossò la sua nuova camicia scozzese Black Watch e si avvicinò alla finestra. Erano le dieci meno un quarto e i suoi nervi erano al massimo livello di allerta già da dieci minuti. Era riuscito a mangiare un po' degli avanzi di prosciutto e un paio di panini al burro.

Si versò un'altra tazza di caffè, cercando con lo sguardo l'auto del coach. Alcuni fiocchi di neve volteggiavano intorno agli alberi, per poi cadere per terra.

"C'è vento. Copriti bene," disse Kitty, portando dei pezzi del servizio.

Ci vollero due giorni per ripulire tutto dopo la festa. In passato, lui aveva giocato a Hartford o in trasferta, quindi non aveva potuto aiutarla. Ma non quel giorno.

"Quando tornerai, ho una lista di cose da fare per te."

"Ok," le rispose.

Il suono improvviso del clacson di un'auto attirò la sua attenzione. "Il coach è arrivato," urlò a sua moglie.

"Buona fortuna." Lei gli mandò un bacio.

Harry uscì dalla porta e scese le scale in un lampo. Lui e il coach si salutarono e si scambiarono gli auguri.

"Dove dobbiamo andare?"

"Lo vedrai. L'uomo che incontrerai si chiama Buster Callahan. Dirige un programma al Veteran's Memorial Rink, qui a West Hartford."

"Un programma?"

"Sì. Ti spiegherà tutto."

Timmons entrò nel parcheggio e fermò la macchina. Mentre raggiungevano l'ingresso tra le folate di vento gelido, il coach appoggiò la mano sulla spalla di Harry.

"Ti chiedo solo di tenere la mente aperta."

Le parole del coach preoccuparono Harry. Cosa c'era di così terribile da dover mantenere una mente aperta? Quando la gente diceva quelle parole, non andava mai a finire bene.

Buster Callahan li salutò. Dopo essersi scambiati una stretta di mano, raggiunsero la pista.

"Negli anni passati, abbiamo organizzato un campo estivo di hockey per adolescenti," iniziò Buster.

Harry aggrottò la fronte.

"Avevamo un coach volontario, uno dei papà, ma i ragazzi si sono lamentati. Inoltre, si trasferirà la prossima settimana. Vogliamo espandere il programma, organizzandolo come doposcuola e come campo estivo. Abbiamo bisogno di una persona esperta che se ne occupi. Qualcuno che i ragazzi rispetteranno. Lei è perfetto per questo ruolo, signor Edwards."

"Mi chiami pure Harry."

"Ok. Sei perfetto per questo ruolo. Sei il migliore. Sono certo che con te come coach potremmo gestire più ragazzi."

"Volete che insegni l'hockey ai bambini?"

"Non bambini. Adolescenti. Alcuni hanno abbastanza talento. Potrebbero persino finire a giocare negli Huskies."

Silenzio. *Bambini. Adolescenti. Impertinenti, spocchiosi e insolenti. Neanche per sogno.*

"Sig. Callahan..."

"Chiamami Buster, per favore."

"Non penso di essere adatto a lavorare con i bambini. Sono piuttosto brusco. Solo il modo di parlare farebbe svenire molte madri."

Buster scoppiò a ridere. "Va bene. I ragazzi se lo aspettano. E le madri non saranno presenti durante le lezioni. Sono dei bravi ragazzi. Rispettosi."

"E quelli che non lo sono?"

"Avrai il controllo totale. Se qualcuno ti rispondesse male o non si comportasse bene, potresti escluderlo dal programma."

Harry sorrise. "Bene. Perché è l'unico modo in cui potranno imparare. Devi essere severo."

"Esatto! Proprio quello che stiamo cercando. Un coach serio. Qualcuno che sia esigente e non lasci che i ragazzi la passino liscia."

"Questo ruolo è perfetto per Harry," intervenne il coach Timmons.

"Stipendio? Spero che non si tratti di un lavoro volontario."

Buster scoppiò a ridere. "Stai scherzando? Un giocatore di hockey con la tua esperienza e il tuo successo? Non ti chiederemmo mai di lavorare gratis. Lo stipendio sarebbe una percentuale dell'iscrizione. Il dopo scuola sarà costoso. Circa due mila dollari a semestre. Mettiamo di prendere trenta ragazzini, sarebbero sessanta mila. Ti daremmo il quaranta percento. O ventiquattro mila dollari. Dopo la scuola dalle tre alle cinque, cinque giorni alla settimana. Quindi lavoreresti dieci ore alla settimana per due semestri."

"E anche il lavoro di preparazione prima e dopo."

"Certo. So che non è molto per una star come te. Pagheremmo di più per i programmi estivi. Pensa a tutte le vite che cambieresti."

"Quante settimane?"

"Da gennaio a maggio. Luglio e agosto, poi da settembre a novembre. In totale, guadagneresti circa centomila dollari all'anno, incluso il programma estivo."

Buster porse a Harry un biglietto. "Ecco un pass gratuito per te e un amico. È valido fino a giugno. Fermati a fare un giro in pista. Posso farti incontrare alcuni dei ragazzi che fanno già parte del programma, se ti va."

"Grazie," disse Harry, mettendosi il biglietto nella tasca posteriore. "Lascia che ci pensi."

"Puntiamo ad avere il miglior programma del paese, Harry. E con te come coach sarebbe un vero successo."

"Grazie per la fiducia."

"Che cosa ne pensi?" gli chiese il coach Timmons.

"Devo pensarci. Parlarne con mia moglie."

"Certo, certo. Ci piacerebbe poterti presentare come nuovo coach entro la fine della settimana. Scommetto che, non appena sapranno che il coach sarai tu, saremo invasi dai ragazzini che vorranno iscriversi."

"E se non lo succedesse?"

"Stai dicendo che i ragazzini non pagherebbero un occhio della testa per imparare a giocare a hockey con te? Stai scherzando, vero?" Buster aggrottò la fronte.

Harry scoppiò a ridere. "Io non sono Dio."

"Lo sei per i fan dell'hockey."

Harry si voltò e gli porse la mano. Buster gliela strinse. "Buster, grazie per l'offerta. Ti darò una risposta tra un paio di giorni."

"Non chiedo altro."

Buster e il coach si strinsero la mano.

"Mio figlio fa parte di quel programma," disse il coach Timmons.

"Davvero?"

"Sì."

"Quindi, non è stata una richiesta inaspettata. Non l'hai chiamato per pregarlo di assumermi, vero?"

"Non c'è stato bisogno. Non appena ho accennato che stavi cercando un lavoro, ha subito colto l'occasione."

Il coach ruppe il silenzio che si era insinuato tra di loro mentre si dirigevano verso casa di Harry.

"Pensi di accettare il lavoro?"

"Questo è meglio dello scouting."

"Ma lo stipendio è decisamente minore."

"Non importa. Non è questo che conta."

"Viaggiare è un problema?"

Harry annuì. "Lo è, insieme al fatto che starei lontano dalle partite. Avevo otto anni quando ho iniziato a giocare."

"È molto tempo."

"Già. Almeno, lavorando come coach, sarei in pista tutti i giorni."

"Saresti un buon insegnante."

"Se accetterò il lavoro, non sarò buono con tuo figlio."

Il coach scoppiò a ridere. "Bene. Robbie ha bisogno di una figura severa. Vuol dire che accetterai?"

"Non lo so ancora. Devo parlare con Kitty."

"Certo. Nessun problema."

"Grazie per averci messo una buona parola."

Il coach annuì.

Harry invitò Stan a pranzo, ma lui rifiutò, dovendo trascorrere del tempo in famiglia prima di tornare a giocare a hockey. Harry salì lentamente i gradini. *Messo da parte. È così che si sente un cavallo da corsa alla fine della carriera? Certo, lui diventa uno stallone. Ma questa è una situazione diversa. Nessuno mi pagherebbe per mettere in cinta le donne.* Harry ridacchiò tra sé e sé, chiedendosi come sarebbe stato.

"Che cosa c'è di così divertente?" gli chiese Kitty, accogliendolo alla porta.

Harry si sentì arrossire sulle guance. "Niente."

"Non dire niente. Stai arrossendo. Non arrossisci mai."

"Che cosa c'è per pranzo?"

"Zuppa di vongole e insalata di aragosta."
A Harry venne subito l'appetito. "Sembra ottimo."
"Quindi? Che cosa è successo?"
"Prima mangiamo."

Capitolo Cinque

Kitty sparecchiò la tavola. Harry si avvicinò al lavello per caricare la lavastoviglie.

"Il coach mi ha chiesto di andare in trasferta con loro a Philadelphia."

"Quando partirai?"

"Domani."

"Assicurati di ottenere ciò che meriti," disse Kitty, mettendo le tovagliette in un cassetto.

"È tutto scritto nel contratto, tesoro. Non c'è bisogno di preoccuparsi. Ho parlato con Mark. Ha detto che Timmons mi ha inserito nella lista degli infortunati a lungo termine."

"Che cosa significa?"

"Significa che mi pagheranno lo stipendio per la durata del mio contratto."

"Cioè?"

"Per altri quattro anni. Tre milioni di dollari all'anno."

"Non male," disse lei.

"Già. Mi sembra sbagliato prendere i soldi senza giocare," disse Harry, chiudendo la lavastoviglie e accendendola.

"È un tuo diritto. Non è che non abbiano i soldi."

"Vero." Lui sospirò. "Dov'è il giornale?"

"Sul divano."

Harry andò nel soggiorno. Kitty lo raggiunse. Abbassando lo sguardo, lui notò che lei indossava il braccialetto di diamanti.

"Chi dice che non si possono indossare i diamanti in casa?" disse lei, toccando il braccialetto.

Lui la baciò.

"Allora, accetterai il lavoro come coach?" gli chiese, sedendosi sulle gambe.

Lui contrasse le labbra. "Probabilmente no."

"E quello di scout?"

Lui scosse la testa.

"E allora cosa farai?"

Non ne ho la più pallida idea." Lui si alzò e si diresse verso le scale.

Kitty andò alla finestra a guardare gli uccelli. Harry aveva messo fuori una mangiatoia e quelle creaturine affamate erano intente a mangiare. Lei si mordicchiò il labbro, mentre la preoccupazione si faceva strada nel suo cuore. Quando Harry le aveva dato il permesso di occuparsi della galleria, avevano dovuto risolvere le cose tra di loro. Erano state giornate tese, tra litigi, silenzi pesanti e porte sbattute. Quando la situazione si calmò, parlarono delle loro differenze ed elaborarono un piano.

Colpita da Harry fin dal loro primo incontro, aveva iniziato ad amarlo come uomo, al di là della sua fama e del successo nell'hockey. Lui rappresentava tutto ciò che voleva in un marito. Quando le aveva fatto la proposta, lei si era sentita al settimo cielo, pazza d'amore e convinta che sarebbero stati insieme per sempre.

Ma poi un infortunio aveva cambiato tutto ciò che avevano costruito. Kitty sentiva che passare tanto tempo lontani aveva logorato il loro rapporto. Anche se non aveva alternative, sperava di poter parlare con Harry di cambiare le cose. Lui le mancava tanto da farle male.

Ora tutto era ridotto a brandelli, come travolto da un tornado. Per Kitty, questo rappresentava un'opportunità. Aveva accolto l'idea che lui non potesse più giocare a hockey e che avrebbero passato più tempo insieme con enorme speranza. L'offerta del lavoro come scout la spaventava a morte — lui avrebbe viaggiato più di prima? Sarebbe stata una condanna per il loro matrimonio.

Lui aveva voltato le spalle all'idea di avere figli e di fare il papà casalingo. Poi, aveva deciso di valutare la possibilità di fare il coach, rimanendo a West Hartford. La sua attitudine negativa e la sua mente chiusa avevano distrutto i suoi sogni di riorganizzare la loro vita per renderla più normale.

Lei andò in cucina a preparare il caffè. Lui sarebbe partito il giorno dopo con la squadra, ma per quanto tempo? Avrebbero dovuto sistemare le cose quella sera stessa. Forse Harry aveva ragione a dire che il divorzio fosse l'unica soluzione. Se si fosse rifiutato di considerare altre alternative valide, quale scelta avrebbe avuto? Vivere con un uomo arrabbiato che si chiudeva in casa o che seguiva ogni suo passo avrebbe portato un matrimonio felice a una fine amara.

Era meglio un divorzio amichevole ora o assistere all'acrimonioso incenerimento della loro relazione? Le lacrime le facevano bruciare gli occhi. Doveva esserci qualcosa che poteva fare. Aggiunse latte e zucchero nella sua tazza e tornò di nuovo in salotto.

La galleria era cresciuta. Le mostre stavano portando un po' di pubblico e, per la prima volta, era riuscita a coprire tutte le sue spese con i guadagni di quell'anno. In passato, Harry l'aveva finanziata per colmare le perdite. Così lei non si era più riuscita ad allontanare dalla galleria. Kitty aveva lavorato duramente per farla andare bene e non poteva smettere proprio adesso.

Sorseggiò il suo caffè mentre elaborava nella sua mente un nuovo piano. Erano necessarie grandi concessioni da entrambe le parti per far funzionare la sua idea. Lei aggrottò le sopracciglia. Ultimamente, Harry non aveva l'umore giusto per arrivare a un compromesso. Doveva dargli il tempo di adattarsi ai cambiamenti della sua vita. Ma il tempo era l'unica cosa che non avevano. Lui sarebbe partito per la trasferta e lei sarebbe tornata a Washington. Dovevano prendere subito una decisione. Prese il telefono e andò nello studio per avere un po' di privacy.

HARRY ERA DISTESO SUL letto e cercava di leggere. All'improvviso, mise giù il libro. Si alzò e guardò fuori dalla finestra. La neve imbiancava gli alberi, rivestendo di cristallo anche i rami più piccoli. Alcune nuvole grigie appesantivano il cielo. Mentre osservava il paesaggio, lui aggrottò la fronte.

Che cazzo avrebbe fatto della sua vita adesso? Avrebbe seguito la squadra, guardandoli giocare da bordo campo per un paio di mesi, mentre il suo matrimonio andava in pezzi? O avrebbe intrapreso il lavoro di scout e ottenuto il divorzio prima che la sua lontananza li facesse inacidire l'uno nei confronti dell'altra?

E quello stupido lavoro come coach! Ridicolo fare la babysitter per un mucchio di adolescenti arrapati e col viso pieno di brufoli. Sapeva tutto dell'hockey, ma loro sarebbero stati più interessati all'ultimo videogioco, a scopare e a fumare erba invece di prestare attenzione a lui.

Harry "Deke" Edwards era rovinato e non aveva più una vita. Si mise a guardare gli uccelli, che perlustravano industriosamente gli alberi carichi di neve in cerca di cibo — cazzo, almeno loro avevano un lavoro. Lui scosse la testa. Doveva smetterla di commiserarsi. Leccarsi le ferite non l'avrebbe fatto sentire meglio e non avrebbe risolto i suoi problemi. Solo gli idioti restano immobili a non fare niente e a dispiacersi per sé stessi.

Era ora di fare qualcosa. Prendere una decisione. Lui serrò le labbra. Il primo passo sarebbe stato quello di seguire la squadra in trasferta. Tirò giù la sua valigetta dall'armadio e rovistò nel suo armadio. Era ora di fare le valigie. Avrebbe pensato a qualcosa da dire a Kitty per farla aspettare finché non avrebbe avuto il tempo di riflettere sulla sua vita. Si fermò.

Che ne sarebbe stato di Kitty? E la galleria? Non aveva una risposta. Se l'avesse persa, non gli sarebbe rimasto davvero niente, ma sarebbe stato dannato se avesse vissuto il resto della sua vita come "Mr. Kitty " a Washington. Piegò i vestiti e li ripose in valigia, poi vi mise anche il suo beauty case. Doveva partire alle sette della mattina dopo per prendere l'aereo per Philadelphia.

Sentì un buon profumo in cima alle scale.

"Che cosa stai cucinando?" urlò lui verso la cucina.

"Sto riscaldando gli avanzi di arrosto e la torta di mele. Hai fame?"

"Adesso sì," disse lui, scendendo al primo piano.

Mentre Kitty preparava, Harry apparecchiò la tavola. Aprì una bottiglia di Malbec. Si sedettero al tavolo della cucina.

"Devi partire presto domani, vero?" gli chiese Kitty.

Lui annuì, tagliando un pezzo di carne succulenta.

"Dobbiamo parlare di alcune cose." Lei esitò, con le labbra che le tremavano mentre posava la forchetta. "E ora che cosa facciamo?"

"Non lo so." Lui le accarezzò la guancia e la guardò negli occhi. "Troveremo una soluzione."

"Ho bisogno di più di questo, Harry. Questa è una crisi. Parlami."

Lui posò la forchetta. "Non ho una risposta. Pensavo che, dopo questa trasferta, a Capodanno, potremmo parlare di cosa fare. Forse allora sapremo che strada prendere."

"Vuoi che aspetti?"

"È solo una settimana."

"Già." Lei abbassò lo sguardo sul piatto.

Harry le prese la mano. "Possiamo trovare una soluzione, Kitty." Le sue labbra parlavano, ma la sua mente non era d'accordo.

"Dici?" Lei lo guardò negli occhi.

"Certo che possiamo." Si sentì travolto dalle emozioni.

"Vedremo." Lei tornò a guardare il suo piatto.

Quella non era la risposta che Harry si aspettava. Kitty aveva perso la speranza? Si era comportato da idiota e si stava preoccupando solo di sé stesso. Come poteva biasimarla?

"Che cosa sta succedendo alla galleria?" le chiese, mettendosi in bocca una forchettata di purè di patate.

"Niente di particolare. Quest'anno, i conti sono finalmente in nero."

"Fantastico."

"Grazie. Ho in programma di espandermi, in un certo senso. Fare più mostre, cercare nuovi artisti."

Lei era bella e intelligente. Com'è possibile che io sia così fortunato? Harry le prese la mano. "Sono fiero di te."

"Grazie." Lei posò la forchetta. "Senti, se vorrai accettare quel lavoro come scout, lo capisco. La squadra è tutto per te. Lo è sempre stata. Potremmo fare un divorzio amichevole. Se questo è che vuoi. Non voglio ostacolarti." Lei impallidì in viso.

Era terrorizzata di aver pronunciato la parola *divorzio*. Per un momento, le parole gli si bloccarono in gola. Lei gli aveva letto nel pensiero. La squadra era stata la sua vita finché non l'aveva incontrata. Il suo cuore si era diviso a metà, tra la squadra e Kitty.

In un istante, ascoltare le sue parole gli chiarì tutto. Le prese la mano.

"La squadra non è tutto per me. Tu sei tutto," le sussurrò, con la voce roca per l'emozione.

Le lacrime iniziarono a scorrerle sulle guance mentre si portava la mano alle labbra.

"Vuoi il divorzio?" le chiese.

Lei scosse la testa.

"Allora atteniamoci al piano originale. Io ci penserò durante la trasferta. Tu ci penserai a casa. Ne parleremo a capodanno."

"Ok," sussurrò lei, annuendo.

Lui aveva le mani sudate, ma il cuore continuava a battergli all'impazzata. Con la stessa facilità con cui prima aveva pensato al divorzio, quando lei aveva pronunciato quella parola si era reso conto che il divorzio sarebbe stato un'enorme bomba nella sua vita, facendo esplodere ciò che amava di più. Se avesse dovuto trasferirsi a Washington per tenersi Kitty, avrebbe trovato una soluzione.

"Non posso perderti. Per favore. Non posso." La fece sedere sulle sue ginocchia e la strinse forte.

Lei appoggiò il viso sulla sua spalla e si mise a singhiozzare.

DOPO UN SALUTO SILENZIOSO, Harry guidò fino ad Hartford. Salì in aereo con il resto della squadra. Sarebbe stata la sua ultima volta? Si sedette accanto a Buzzy e sbirciò fuori dal finestrino. Aveva smesso di nevicare, ma adesso faceva più freddo.

L'aereo prendeva quota, offrendogli una vista delle case innevate prima di raggiungere la quota di crociera. Una volta raggiunta, non c'era più molto da vedere. Buzzy si mise a sfogliare Sports Illustrated.

"Non è nemmeno lo swimsuit issue," borbottò Harry.

"No. Ma c'è un articolo su Ron Duguay."

"Duguay? È ancora vivo?"

"Sì. Ha fatto il coach nella minor league per quattro anni. Riesci a crederci?"

"No." La minor league, che cosa potrà mai importargli della minor league? Un gruppo di ragazzi che sanno lanciare o giocare in difesa, ma non sanno fare entrambe le cose.

"Stai criticando la minor league? Non è lì che hai iniziato?"

"Solo per una stagione. Gli Huskies mi hanno ingaggiato dopo avermi visto fare faville in pista a Scranton."

"Duguay è passato ai Rangers direttamente dall'hockey amatoriale."

Harry diede una sbirciatina alla rivista.

"Ha stabilito un record con i Rangers per aver segnato più velocemente all'inizio di una partita," proseguì Buzzy.

"Davvero?"

"Nove secondi," rispose l'ala, fischiettando tra i denti.

"Impressionante. MacConnell, ti ho mai raccontato di quando..." iniziò Harry.

Buzzy chiuse la rivista e rivolse la sua attenzione al suo compagno di squadra. Un giocatore seduto davanti a loro si sollevò, voltandosi per ascoltare.

Quando l'aereo atterrò all'aeroporto internazionale di Philadelphia, la squadra salì su un pullman privato per raggiungere l'hotel. I ragazzi fecero il check-in prima di dirigersi verso l'arena per l'allenamento. Mangiarono abbondantemente prima della partita.

Dato che non avrebbe dovuto giocare, Harry avrebbe visto la partita dalla tribuna privata degli Huskies. Prima che iniziasse la partita, Harry, con indosso una tuta, si attardò nello spogliatoio.

"Attento a quel coglione, Darren," sussurrò Harry a Bastien "Bass" Javier, il difensore che aveva preso il suo posto.

"Darren?" Il ragazzo aggrottò la fronte mentre lanciava un'occhiata interrogativa a Harry.

"Sì. Quello stronzo è il loro più grande marcatore. Lanciano il disco a lui prima di ogni goal."

Bass annuì prima di raggiungere lo scivolo con il resto della squadra. Fuori dalla squadra, come un ragazzaccio, Harry si diresse verso la tribuna. Ma che cazzo! Perché era lì se non avrebbe nemmeno giocato?

Mentre guardava la partita, notò che il coach Timmons si mangiucchiava le unghie. Con un nuovo giocatore in difesa, l'intero equilibrio della squadra era sconvolto. Con Harry fuori dalla squadra, gli Huskies suonavano come un violino ben accordato. Ma adesso? Cazzo, ci sarebbero volute un sacco di partite prima che Bastien si adattasse al ritmo degli altri.

Harry applaudì per i lanci buoni e fischiò per quelli sbagliati. All'intervallo, raggiunse i suoi compagni nello spogliatoio. Bass Javier si sedette su una panchina a bere dell'acqua. Harry gli si avvicinò.

"Quello stronzo di Darren. Devi osservarlo. Tenerlo d'occhio. Qualcuno gli lancia il disco, quello stronzo lo prende e, proprio quando ce l'hai davanti, wham! Lancia e segna un punto in rete. Stagli addosso."

Bass annuì mentre Harry proseguiva. Quando Stan Timmons si rivolse alla squadra, Harry si mise in un angolo per ascoltare. Quello sarebbe stato il suo ultimo discorso d'incoraggiamento? Harry sentì un nodo alla gola. Quando la squadra percorse il corridoio per raggiungere la pista, Harry rimase indietro. Sbatté le palpebre rapidamente, si asciugò il naso con il fazzoletto e fece un respiro profondo prima di prendere il suo posto in tribuna.

Quando la partita riprese, Buzzy fece un lancio perfetto, che fu deviato da un difensore dai Falcons. Lo stesso giocatore lo spinse sul bordo. Harry fece un salto, urlando per un fallo. Quando non lo ottenne, la rabbia gli invase il cuore, facendogli venire voglia di scendere in pista per vendicarsi. E l'avrebbe anche fatto, se avesse giocato. Guardare dalla tribuna faceva schifo. Harry aprì di scatto una bottiglia d'acqua per mandare giù la rabbia.

Gli Huskies persero la partita contro la squadra di Philadelphia e anche la successiva a New York. Alla terza partita, a Baltimora, la frustrazione si era trasformata in disperazione. Lo spirito competitivo si era trasformato in puro odio per i Baltimore Bulldogs. Harry li aveva soprannominati *Baltimore Bullies per il* modo sporco in cui giocavano. Harry faceva il tifo urlando dalla panchina.

Bass bloccò il miglior giocatore dei Bulldogs, spingendolo a bordo pista e rubandogli il disco. Scivolando sulla pista, fece un lancio perfetto a Buzz, che lo colse. Il goal rallegrò gli Huskies, che invertirono la tendenza, battendo la squadra di Baltimora per tre a due.

DOPO LA PARTITA, IL coach Timmons chiamò Harry nella stanza degli infortuni, utilizzandola come ufficio di riserva.

"Siediti," gli disse. "Stiamo completando gli ultimi dettagli con il tuo agente in merito all'acquisizione del contratto. Hai una scelta. Puoi trascorrere con noi il resto della stagione o puoi andartene."

Harry annuì, abbassando lo sguardo.

"Ti dispiace se ti do un piccolo consiglio?"

"No, anzi."

"Hai trentatré anni, giusto?" Harry annuì un'altra volta. "Hai superato alcuni giocatori, in termini di età. Il pensionamento arriva per tutti, alla fine. Sono già passati quindici anni per me, ma me lo ricordo come se fosse ieri. Non è facile da accettare ma, cazzo, è per una questione medica e tu sei in buona forma. Considerati fortunato. Su col morale. Sei giovane per qualsiasi altra cosa. Ci sono un sacco di cose che puoi fare."

"Nessuna di quelle che voglio."

"Cazzo, ragazzo. Smettila di lamentarti! Ti hanno fatto due buone offerte. Probabilmente potresti averne altre, se ti mettessi a cercare."

"Forse."

"Se manterrai questo atteggiamento pessimista, perderai i tuoi amici, tua moglie e tutto il resto. Harry, cerca di riprenderti. Gioca le tue carte. Se la vita ti offre limoni, fai una limonata. Quanti altri stupidi e idioti cazzo di cliché devo tirare fuori?" disse Stan Timmons sorridendo.

"Hai ragione. È solo che non me l'aspettavo. Pensavo di poter giocare fino ai quarant'anni, come capita ad alcuni."

"Questa è l'eccezione, non la regola."

"Capisco."

"Hai come vivere?"

Harry annuì.

"Cazzo, ragazzo. Che cosa vuoi di più? Hai tutta la vita davanti e abbastanza soldi da non aver bisogno di lavorare, giusto? Hai la possibilità di scegliere. Puoi fare tutto quello che vuoi. È un dono. Un dono che non molti ricevono."

"Non l'avevo mai vista in questo modo."

"È così. Sii positivo. Trova una nuova strada."

"Grazie, coach."

"Fammi sapere se vuoi viaggiare con noi fuori stagione."

"Lo farò." Harry si alzò. I due si abbracciarono e il coach diede a Harry una pacca sulla spalla mentre andava via. Le parole del coach continuavano a risuonargli in testa mentre si cambiava e si dirigeva verso il pullman. Aveva ragione? Harry aveva ancora tutta la vita davanti o era un uomo finito?

I ragazzi stanchi salirono in aereo per il volo di ritorno da Baltimora alla fine della loro trasferta. Era il 30 dicembre. Parlavano di tornare a casa dalle loro famiglie e di passare un Capodanno tranquillo. Harry non li sentiva, perché la sua mente era altrove. Si sedette nel posto che Buzzy aveva riservato per lui.

Mentre il pullman si dirigeva verso Hartford, Harry prese una decisione. Il dolore di viaggiare con la squadra e di assistere alla partita dalla tribuna l'aveva turbato. Non poteva continuare a fingere di essere uno della squadra. Essere messo da parte non faceva per Harry. Essendo un uomo d'azione, aveva sempre giocato in campo e non gli piaceva fare il tifo dal bordocampo. Odiava l'idea di avere il ruolo della ruota di scorta, di guardare la sua squadra mentre giocava, impotente e incapace di contribuire alla loro vittoria.

Mentre il pullman percorreva l'autostrada, Harry prese in considerazione le opzioni che aveva davanti. Doveva sceglierne una o pensare a qualcos'altro. Senza avere la minima idea di cosa fare, continuava a valutare l'offerta di fare lo scout e quella di lavorare come coach per gli adolescenti. In alternativa, poteva fare il casalingo e allevare una nidiata di piccoli giocatori di hockey.

"Hai dei progetti?" gli chiese Buzzy.

"Niente di particolare. Tu?"

"Oh, sì. Ho intenzione di fare qualcosa di indimenticabile con Brenda."

"Non voglio sapere cosa intendi fare con il tuo uccello, Buzzy. Alcune cose dovrebbero rimanere private."

"Non stavo parlando di sesso, coglione! Voglio chiederglielo. Farle la proposta, brutto idiota!"

Harry scoppiò a ridere. "Oh, capisco. Scusami."

"A volte sei proprio ottuso. Guardati un po' intorno. Sai cosa dovresti fare? Dovresti avere una dozzina di bambini, così potresti concentrarti su qualcun altro," disse Buzzy, incrociando le braccia sul petto.

"Ti ho chiesto scusa."

"Sei troppo permaloso in questi giorni."

"Lo saresti anche tu, se fossi costretto a lasciare l'hockey per uno stupido slapshot da parte di un coglione."

Harry distolse lo sguardo e guardò fuori dal finestrino.

"È per questo? Mi ero chiesto perché non giocassi."

"Già. Sono fuori dalla squadra. Non c'è niente da fare. Non posso pattinare. Non posso correre. Hanno dovuto ridurmi la trachea e non riesco a respirare abbastanza," disse Harry a voce bassa.

"Oh, cazzo, amico mio. Cazzo! Tremendo. Sei davvero fuori dalla squadra?"

"Non posso giocare. Che senso ha viaggiare con gli Huskies?"

Buzzy strinse Harry e lo abbracciò. "Fottiti, Deke. Non ne avevo idea."

"Sì, beh, era quello che volevo. Ma non avrei potuto nasconderlo per sempre."

"Dovresti dirlo agli altri."

"Probabilmente l'hanno già capito. Quando mi hanno visto svenire sul ghiaccio nella mia ultima partita."

"Ne hanno parlato un po'."

"Di me?"

"Tentavano solo di capire cosa fosse successo."

"Tu potresti mettere le cose in chiaro con loro."

"Se vuoi che lo faccia."

Harry annuì. "Procedi pure. Ormai non importa più."

"Mi mancherai," disse Buzzy con la voce roca.

"Non ci provare," disse Harry, alzando la mano.

Il pullman dell'aeroporto arrivò allo stadio. I ragazzi si precipitarono a scendere mentre Harry restava indietro. Fu l'ultimo a scendere. Kitty gli fece un cenno con la mano dalla macchina. Lui sorrise mentre si dirigeva verso di lei.

Chinandosi, la baciò.

"Fatto un buon viaggio?" gli chiese, mettendo in moto.

"Non esattamente. Così così. Abbiamo perso a Philadelphia e New York. Abbiamo vinto a Baltimora."

"Almeno non avete perso tutte le partite."

"Già."

La conversazione si spostò sulla cena e sui loro programmi per la notte di Capodanno.

"Non voglio festeggiare quest'anno," le disse.

"Cosa?"

"Intendo dire che non voglio andare alla festa dei Sullivan. Ok?"

"Ok."

"Solo un paio di film, un po' di champagne e cibo cinese. Solo noi due."

"Se è quello che vuoi," disse lei, tenendo lo sguardo sulla strada.

"Volevi andare alla festa?"

"Nessun problema. Mi piacciono le loro feste, ma non succede niente se non ci andiamo."

"Lo capisci?" le chiese.

"Certo. Ma prima o poi dovremo tornare a vivere," disse lei.

Lui si mise a ridacchiare.

Kitty entrò nel loro vialetto semicircolare. Un buon profumo di cibo accolse Harry sulla porta. Lui portò la sua valigia al piano di sopra, si lavò e la raggiunse a tavola.

"Tacchino arrosto. Il mio preferito," disse lui, prendendo il coltello da carne.

"E sandwich al tacchino per domani."

Si concentrarono sul cibo, evitando di conversare. Quando finirono, Harry sparecchiò la tavola.

"Hanno in programma di organizzare una piccola festa per te al Veteran's Memorial Rink domani. Verso l'ora di pranzo."

"All'ora di pranzo? Ci sono i sandwich di tacchino," disse Harry.

"Questi sono per domani sera con film, patatine, brownies e champagne."

"Devo proprio andarci?"

"Certo, sei l'ospite d'onore."

"E se dovessi scoppiare a piangere?"

"Allora scoppieranno tutti a piangere insieme a te. "Andiamo, Harry. Non fare il difficile. Il coach Timmons ha chiamato e dicendomi che dovrai esserci," disse Kitty, serrando la mascella.

"Ok, ok. So che mi sto comportando da coglione. Ci andrò."

"Bene," rispose Kitty.

"Verrai anche tu?"

"Non posso mancare," disse lei, con un luccichio negli occhi. Harry lavò i piatti mentre Kitty conservava il cibo. Lui finì per primo e si avvicinò alle sue spalle, mettendole le braccia intorno alla vita. Iniziò a baciarle il collo.

"Credo che l'idea di avere figli non sia poi così male," disse, lasciando scivolare le mani sul suo seno.

"Oh? E vuoi cominciare adesso?" gli chiese.

"Perché no?" rispose lui.

Capitolo Sei

All'alba, Kitty si rannicchiò sotto il piumino e si accoccolò a Harry. Lui borbottò.

"Wow. Sei stato un animale stanotte. Quattro volte?" disse lei.

"Già. Non si può fare goal con un solo tiro," rispose lui, mettendole un braccio intorno alla vita e chiudendo gli occhi.

Facendo un respiro profondo, lei respirò il suo odore caldo e assonnato. Ben soddisfatta, lasciò vagare la sua mente. Quanto tempo le ci sarebbe voluto per restare incinta dopo aver rimosso il diaframma? Sorpresa che Harry avesse accettato l'idea, Kitty sospirò. Non sapendo se suo marito avrebbe rinunciato all'hockey per il loro matrimonio, era stata molto nervosa.

Non riuscendo a riaddormentarsi, andò in cucina. Aveva voglia di un French toast, magari con un po' di prosciutto. Mentre cucinava, cominciò a pensare ai nomi per i bambini. Canticchiando una delle sue canzoni preferite, si mise a sciogliere il burro nella padella. L'aroma del caffè fresco la stuzzicò. Se ne versò una tazza, poi vi aggiunse il latte e lo zucchero.

Quando il toast fu pronto, lo mise su un vassoio e si diresse verso le scale. Quello sembrava un buon momento per parlare ad Harry del suo piano. Salì le scale lentamente, per non far cadere i piatti e la tazza.

"Alzati, Harry. Dormiglione. È ora di alzarsi."

Lui borbottò. "Mi sono stancato molto stanotte. Non si può dormire di più in un giorno di vacanza?"

Lei scoppiò a ridere. "French toast?"

Harry dischiuse leggermente un occhio. "Ho pensato di mangiare qualcosa di buono, oltre te." Lui si sedette e prese un cuscino da mettersi sulle gambe. Kitty appoggiò delicatamente il vassoio.

"Non per sembrare ingrato, ma c'è una ragione per tutto questo?"

"Solo l'amore per mio marito." Lei si sedette all'estremità del letto.

Harry aggrottò la fronte. "Perché penso che ci sia qualche altro motivo?"

"La gratitudine di una donna soddisfatta?" rispose lei, sollevando le sopracciglia.

"Togliti quell'espressione innocente dalla faccia. Ti conosco da troppo tempo. Che succede?" le chiese, bevendo un sorso di caffè fumante prima di prendere la forchetta.

"Beh, c'è una cosa di cui vorrei parlarti. Ci penso da tanto tempo."

Lui aggrottò la fronte. "Qualcosa di brutto?"

Lei gli mise una mano sul braccio. "No, no. Qualcosa di buono, davvero buono."

"Pfff. Non farlo mai più. Mi hai spaventato." Lui tagliò un pezzo dell'ottimo toast.

Kitty lo guardò. Nudo sotto le coperte, con il petto scoperto, lui la tentava. Si sporse verso di lui e gli appoggiò la mano sui pettorali.

"Ancora? Fammi prima finire di mangiare." Lui sbirciò sotto la sua vestaglia, da cui si intravedeva il suo seno.

"Magari tra un po'. Per prima cosa, lascia che ti dica cosa è successo," gli disse, seguendo il suo sguardo e chiudendosi la vestaglia.

"Cazzo. Mi hai nascosto il panorama."

"Per favore, mangia e ascoltami."

"Spara." Lui infilzò un pezzo di prosciutto.

"Ho ricevuto un'offerta per la galleria."

"Cosa?"

"La Jefferson University mi ha contattata due mesi fa. Prima volevano comprarla, ma ho rifiutato."

"Comprarla? E perché avresti dovuto accettare?"

"Non l'avrei fatto, almeno non allora. La scorsa settimana mi hanno proposto di collaborare con me. Ci ho riflettuto. Visto che dovrei rinunciare all'hockey, mi piacerebbe restare qui con te. Quindi forse potrei collaborare con la Jefferson a Washington e poi, con i soldi che prenderei dalla Jefferson, potrei aprire una filiale qui a West Hartford."

"Come funzionerebbe la collaborazione? Quanto tempo trascorreresti a Washington?"

"Non lo so. Non l'abbiamo ancora stabilito. Ma se avremo dei bambini..."

"Quando avremo dei bambini," precisò lui.

"Quando avremo dei bambini, se io lavorassi qui, sarebbe tutto più facile. Se accettassi il lavoro come coach, potremmo essere una squadra. Tu staresti a casa con i bambini al mattino. Poi io potrei tornare a casa presto e stare con loro nel pomeriggio, mentre tu lavori."

Lei trattenne il fiato. Harry non accettava mai facilmente i cambiamenti. E ora tutta la sua vita era stata stravolta. Ce l'avrebbe fatta? Lui posò la forchetta.

"Ci hai pensato molto."

"Ho parlato con il dottore."

"Quando?"

"Un paio di mesi fa. Proprio quando mi ha contattata la Jefferson."

"Non avevi intenzione di dirmelo?"

"Non trovavo mai il momento giusto."

Lui annuì. "Capisco."

"Sei arrabbiato?"

"Sono solo sorpreso. Non mi nascondi mai le cose."

"Non solitamente. L'abbiamo fatto entrambi."

Harry ridacchiò. "Già."

"Che ne pensi?" gli chiese.

"Penso che tu voglia che io accetti quel lavoro come coach."

"Infatti è così."

"Sono fiero di te. L'università che vuole insinuarsi nel tuo progetto."

"Non vuole insinuarsi. Lo ritengono un ottimo posto per esporre le opere dei loro studenti d'arte e magari potrebbe attirare più pubblico e contribuire allo sviluppo della facoltà."

"È quello che hanno detto?"

"Sì. Non pensavo che la mia piccola galleria potesse attirare la loro attenzione."

Harry le prese la mano e se la portò alle labbra. "Sei una star, Kitty. L'ho sempre detto."

Lei si sentì arrossire in viso.

"Penso che sia un piano brillante," le disse.

"Lo pensi davvero?" Il suo cuore prese il volo. "Davvero?"

"Sì," disse lui, finendo di mangiare.

Kitty spostò il vassoio e lo abbracciò. "Grazie. Grazie mille."

HARRY SORRISE SOTTO la doccia. Non riusciva a credere che avrebbe avuto ancora le energie per fare di nuovo l'amore con sua moglie dopo la colazione. Forse non poteva più giocare a hockey, ma poteva ancora fare centro con Kitty.

Mentre si vestiva per il ricevimento al Veteran's Memorial Arena, le parole di Buzzy gli tornarono in mente. "Dovresti concentrarti su qualcun altro, invece che su te stesso." Il suo amico gli aveva detto delle parole sagge. Harry era diventato ossessionato da sé stesso. Aveva trascurato la donna più bella, sexy e intelligente del mondo. Cosa significava per Kitty che lui rinunciasse all'hockey? Lei aveva sicuramente un piano. Kitty era una pianificatrice dal giorno in cui era nata. Lui si mise a ridacchiare.

Harry decise di non pensarci, aspettare e lasciare che qualcun altro tracciasse la rotta. Avrebbe imparato come lasciare il comando a qualcun altro — a sua moglie e forse anche a quel tipo, Buster Callahan. Indossò i pantaloni di velluto a coste, una maglietta a maniche lunghe in testa una giacca sportiva.

"Pronta, Kitty?"

"Quasi," rispose lei dalla sua toletta.

Mentre lei si truccava, Harry si mise in tasca il portafoglio e le chiavi. Si alzò in piedi, avvolta in un vestito di velluto verde smeraldo. I suoi occhi e la sua pelle di porcellana risplendevano, evidenziati da quell'abito.

"Giuro che sei la donna più bella del mondo," le disse.

Lei lo baciò. "Grazie. Pronta?"

Lui annuì e si diresse verso le scale. Con un nodo in gola per l'emozione, si sentiva soffocare. Lanciò le chiavi della macchina a sua moglie. Gli spazzaneve avevano ripulito le strade e qualche debole raggio di sole aveva sciolto ciò che era rimasto sui marciapiedi. Dopo venti minuti, Kitty e lui arrivarono sani e salvi a destinazione.

Lei gli prese la mano mentre si dirigevano verso il portone. Una volta entrati, i suoi compagni di squadra esultarono calorosamente. Stavano pattinando sulla pista ghiacciata. Al centro di un tavolo c'era una grossa torta. I ragazzi si misero a cantare "Perché è un bravo ragazzo."

La torta fu affettata e le fette furono distribuite tra gli ospiti. Giocatori, allenatori e coach erano seduti in disparte, intenti a parlare e a mangiare. Kitty si sedette con il Timmons e Buster Callahan. Di tanto in tanto, Harry la guardava. Nonostante cercasse di controllare le sue emozioni con tutte le sue forze, i suoi occhi si inumidirono lo stesso. Prese il fazzoletto che sua moglie gli aveva infilato nella tasca della giacca.

Anche Buzzy e alcuni dei suoi compagni di squadra si misero a piangere. Harry passò loro il fazzoletto.

"Avrete dei bambini, forse?" gli chiese Buzzy.

"E da quando sono affari tuoi?"

"Me lo stavo solo chiedendo."

"Chiediti pure tutto quello che vuoi," disse Harry.

"Certo che avranno dei figli. Deke deve fare centro in qualche modo," disse il loro miglior attaccante. Si scambiarono qualche altra battuta salace prima che i ragazzi andassero nello spogliatoio. Mentre Harry stava per raggiungerli, le porte si aprirono e venti ragazzini si precipitarono sul ghiaccio. Pattinarono in cerchio, poi si fermarono davanti a Harry.

"Guardate! È Deke Edwards!" esclamò un ragazzo dai capelli scuri, indicandolo.

Si fermarono davanti a Harry.

"Sei davvero Deke Edwards?" gli chiese un ragazzo biondo.

"Sono proprio io."

"Sarai il nostro coach?"

"Sì. Certo che lo sarà. Altrimenti perché sarebbe qui?"

"Davvero?"

"Ti ho visto nei playoff contro Montreal."

"Anch'io. In tv."

"Hai salvato la partita."

"Sì. Hai impedito all'altra squadra di segnare."

"Quell'ultimo lancio. Wow."

"Come sapevi che avrebbe lanciato?"

"Beh, ragazzi. È andata così." cominciò Harry.

I ragazzi si riunirono intorno a lui. Alcuni rimasero in piedi vicino alla ringhiera, altri si sedettero vicino a Harry. Le parole scorrevano come un paio di pattini sul ghiaccio.

Harry lanciò un'occhiata a Kitty. Come previsto, lei arrossì. Aveva contribuito a organizzare quella trappola. Probabilmente insieme a Timmons e a quel Buster. Tre contro uno — era in netta inferiorità numerica. Raccontò loro le sue imprese nell'hockey, dipingendosi come un eroe. Cazzo, meritava di essere un eroe, perché aveva difeso il loro vantaggio e avevo svolto un ruolo chiave nella vittoria della partita.

"Ok, ragazzi. Vediamo cosa sapete fare," disse Harry, alzandosi. Alzando lo sguardo, un disco apparve come per magia.

"Forza. Metà in attacco, metà in difesa. Giocate e provate a segnare."

"Allora, sarai il nostro coach?" gli chiese un ragazzo alto.

"Immagino di sì. Non posso deludervi tutti adesso, no?"

"No, signore."

I ragazzi sembravano pattinavano tutti in direzioni opposte, cercando di rubare il disco, cadendo e urtando il bordo campo. Stavano commettendo almeno un centinaio di falli e infrazioni. Harry borbottò tra sé e sé. Erano un gruppo disorganizzato di teppisti che non sapevano distinguere una mazza da hockey da un'altra. Lui scosse la testa. Farli diventare dei veri giocatori di hockey sarebbe stata una sfida. Avevano bisogno di un coach severo, che conoscesse ogni dettaglio dell'hockey. Come poteva deluderli?

UNA VOLTA IN CASA, Harry andò in soggiorno per accendere il fuoco nel caminetto. Erano già le cinque e la loro maratona cinematografica li attendeva. Accese il fuoco e raggiunse sua moglie in cucina.

"I sandwich al tacchino sono pronti," gli disse, asciugandosi le mani sul grembiule.

Harry la strinse tra le braccia per un lungo bacio appassionato. Quando si separarono, lui iniziò a parlare.

"Sei stata tu, vero?"

"A fare cosa?"

"A chiedere a quei ragazzi di venire."

"Potrei avere qualcosa a che fare con tutto questo."

"Sono l'uomo più fortunato del mondo," disse lui, prendendole la mano e conducendola sul divano. "Allora, a proposito dei bambini..."

FINE

Se vi è piaciuta la mia storia, potreste lasciare un breve commento sul sito che preferite? Grazie. Lo apprezzo molto.

NOTA DELL'AUTRICE

L'*ultimo slapshot* è ispirato alla vera storia di Trent McCleary, un giocatore di hockey la cui carriera è stata interrotta da un colpo alla gola. Per ulteriori informazioni su di lui, consultate il link: https://en.wikipedia.org/wiki/Trent_McCleary

Libri di Jean C. Joachim

ECHOES OF THE HEART

HEATHER & MIKE: THE ONE THAT GOT AWAY

SANDY & RAFE: SECOND PLACE HEART

LIZ & NICK: NO REGRETS

PAIGE & BILL: ONE FINE DAY

ANTHOLOGY

BOTTOM OF THE NINTH (Edizione Italiana)

DAN ALEXANDER, PITCHER

MATT JACKSON, CATCHER

JAKE LAWRENCE, THIRD BASEMAN

NAT OWEN, FIRST BASE

BOBBY HERNANDEZ, SECOND BASE

SKIP QUINCY, SHORT STOP

EXTRA INNINGS

FIRST & TEN SERIES (Edizione Italiana)

GRIFF MONTGOMERY, QUARTERBACK

BUDDY CARRUTHERS, WIDE RECEIVER

PETE SEBASTIAN, COACH

DEVON DRAKE, CORNERBACK

SLY "BULLHORN" BRODSKY, OFFENSIVE LINE

AL "TRUNK" MAHONEY, DEFENSIVE LINE

HARLEY BRENNAN, RUNNING BACK
OVERTIME, THE FINAL TOUCHDOWN
A KING'S CHRISTMAS

THE MANHATTAN DINNER CLUB
RESCUE MY HEART
SEDUCING HIS HEART
SHINE YOUR LOVE ON ME
TO LOVE OR NOT TO LOVE

HOLLYWOOD HEARTS SERIES
SE TI AMASSI
UN AMORE DA RED CARPET
RICORDI D'AMORE
UN AMORE DA FILM
L'ULTIMA CHANCE PER L'AMORE
AMORI E BUGIE
His Leading Lady (Series Starter)

NOW AND FOREVER SERIES
NOW AND FOREVER 1, A LOVE STORY
NOW AND FOREVER 2, THE BOOK OF DANNY
NOW AND FOREVER 3, BLIND LOVE
NOW AND FOREVER 4, THE RENOVATED HEART
NOW AND FOREVER 5, LOVE'S JOURNEY
NOW AND FOREVER, THE BEGINNING
NOW AND FOREVER, CALLIE'S STORY (prequel)

MOONLIGHT SERIES
SUNNY DAYS, MOONLIT NIGHTS

APRIL'S KISS IN THE MOONLIGHT
UNDER THE MIDNIGHT MOON
MOONLIGHT & ROSES (prequel)

LOST & FOUND SERIES
LOVE, LOST AND FOUND
DANGEROUS LOVE, LOST AND FOUND

NEW YORK NIGHTS NOVELS
LA LISTA DI MATRIMONIO
THE LOVE LIST
THE DATING LIST
PINE GROVE SERIES
UNPREDICTABLE LOVE
BREAK MY HEART
RENOVATING THE BILLIONAIRE
SHORT STORIES
UN DOLCE AMORE RIAFFIORATO
TUFFER'S CHRISTMAS WISH
UN'HOUSE SITTER PER NATALE

Notizie sull'autrice

Jean Joachim è un'autrice statunitense di romance di successo e i suoi libri sono in cima alla classifica Amazon Top 100 fin dal 2012. Scrive romance contemporanei, tra cui sport romance e romantic suspense. Liz & Nick: One Fine Day si è classificato al secondo posto nella categoria erotic romance dell'Oklahoma Romance Writers of America's International Digital Awards Dangerous Love Lost & Found ha vinto il primo premio International Digital Award dell'Oklahoma Romance Writers of America nel 2015. The Renovated Heart ha vinto il premio Miglior Romanzo dell'Anno del Love Romances Café, Lovers & Liars è arrivato tra i finalisti del RomCon del 2013 e The Marriage List ha conquistato il terzo posto nella classifica Miglior Romance Contemporaneo del Gulf Cost RWA. To Love or Not to Love si è classificato al secondo posto del Reader's Choice contest del 2014 della sezione del New England dell'associazione Romance Writers of America. È stata nominata Miglior Autrice dell'Anno nel 2012 dalla sezione di New York dell'associazione Romance Writers of America. Moglie e madre di due figli, Jean vive a New York City. Solitamente, di mattina presto la si può trovare al computer a scrivere mentre beve una tazza di tè, con al suo fianco Homer, il carlino che ha salvato, e la sua scorta segreta di liquirizia nera.

Jean ha scritto e pubblicato 48 libri, novelle e racconti brevi. Consultate il sito: http://www.jeanjoachimbooks.com

Chattate con Jean nel suo gruppo Facebook, JJ's Book Buddies. Iscrivetevi a questo link: https://www.facebook.com/groups/489790604419710/

www.ingramcontent.com/pod-product-compliance
Lightning Source LLC
Chambersburg PA
CBHW070448170726
48291CB00005B/1645
9781945360114